Vorwort

Hallo liebe Leser und Leserinnen,

ich heiße alle Leseratten herzlich willkommen, die jetzt
gerade in meinem schrägen Roman schmökern.
Ich habe als Autor mein autodidaktisches Studium mit
suma-summarum abgeschlossen und bin meist guter
Dinge. Da ich in Frankfurt - Klaa Paris, wo die Narretei
zu Hause ist, aufgewachsen bin, ist mir der Humor quasi
mit in die Wiege gelegt worden. Und genau mit jenem
Humor und viel Phantasie versuche ich nun mit diesem
kleinem Büchlein euch ein paar schöne Stunden, weit
weg vom Alltag, zu bereiten.

Dieses Road Movie, wie ich den Roman beschreiben
möchte, basiert so ein bisschen auf der Grundlage
meines ersten Buches „von Frankfurt nach Galizien"
und zum besseren Verständnis wäre es naturalemente
von Vorteil, wenn ihr es schon inhaliert hättet.
Wenn dies nicht der Fall ist, möchte ich eine kurze
Rückblende für all Diejenigen beschreiben, die
bedauerlicherweise um dieses humorvolle Erlebnis
gekommen sind.
Im ersten Teil meiner Geschichten geht es um meine
eigene Ahnenforschung, die sich daraus ergebenden
Reisen und eine Fülle den schier unglaublichsten
Abenteuern, die zum Teil auch der Wahrheit
entsprechen. Mit einer Kurzbeschreibung was bisher

geschah, möchte ich Euch jetzt ins Bild setzen. In diesem Roman „von Frankfurt nach Südengland" führen Euch meine Abenteuer auch nach Indien, Sri Lanka, ins alte Ägypten und sogar nach bella Italia. Wie schon in meinem ersten Roman gibt es auch in diesem wahre Begebenheiten wie auch real existierende Personen.
Ich entführe euch nun in eine Welt der Abenteuer, der Phantasie und des, sagen wir einmal etwas schwarzen Humors. Ich behaupte einfach mal: es ist ein Road Movie der besonders schrägen Art.
Na, lasst euch mal überraschen.

Übrigens ist dieser Roman auch super gut für Diabetiker geeignet,
es gibt keine FETT gedruckten Buchstaben und die Worte Zucker,
Kalorien, Schokolade, Süßigkeiten oder Kohlehydrate kommen nicht drin vor. Auch solltet ihr dieses Büchlein nicht zu schnell lesen, damit ihr auch die Feinheiten mitbekommt die ich überall im Buch verstreuselt hab und außerdem müsstet ihr euch ja dann wieder ein neues Buch kaufen, was ja total blöd wäre, wo ihr ja jetzt schon eins habt…………...

Rückblende:

Bei meiner Ahnenforschung fand ich heraus, dass mein 7. Urahne Georg-Wilhelm Weiss in das damalige Königreich Galizien auswanderte, welches sich jetzt in der Ukraine liegt. Es war damals unter der Herrschaft Österreichs, wie übrigens auch die Pfalz woher mein Urahne kam. Ich fuhr mit Boris, einem ukrainischem Lkw-Fahrer in den Ort wo sich mein Vorgänger hinverkrümelt hatte und lernte die hübsche Tochter von Boris, Nina sowie seine geliebte Frau Mamutschka. Nina hatte in Deutschland ein paar Semester was - weiss-ich studiert und half mir mit Dolmetschen bei meinen Ahnenrecherchen während ich in der Ukraine verweilte.

Diverse Ahnenrecherchen folgten die haarsträubendsten Abenteuer

und führten mich letztlich zu einem Teil meiner Familie in der Süd-Ukraine auf die Burg Chotyn. Dort lebte als Burgverwalter in 6. Generation mein Schwipp - Schwappverwandter Egor Weiss mit seiner Frau und einer handvoll Kinder. In der Burg suchten wir einen Schatz, den wir aber nicht fanden, dafür aber wieder mal die tollsten Abenteuer. Man muss es einfach gelesen haben (also am besten gleich im Internet oder bei eurem Bücherfritzen bestellen).

Zu den Beteiligten in meinem Roman gesellte sich noch ein schwarzer Amerikaner aus Sundance, einem Kaff in Wyoming. Er heißt Ben-Johnson und hat rot gefärbtes Haar, ei derweil er Wikingerfan ist und deren Haarpracht teilt. Ben-Johnson ist etwa 80 Jahre alt, sieht etwa genau so aus wie der Schauspieler Ernest Borgnine, nur in schwarz halt. Er hat eine riesige Zahnlücke durch die er immer lustig pfeift und fährt einen finnischen Ambulanzwagen den er billig in Helsinki erstanden hatte und reist auf den alten Wikingerrouten in Europa so umher.

Das Größte aber ist, dass ich Haeddy kennenlernen durfte.

Er heißt eigentlich Charles Haedstone (übrigens ein Nachfahre des Erfinders des Kopfsteinpflasters) und ist nicht nur mit mir verwandt, er war auch genauso auf Ahnensuche wie ich und kam aus Sherborne in der Grafschaft Dorset/England. Der Hammer war, dass Haeddy, wie ich ihn nannte, nicht nur mein Alter hatte, nein er sah auch noch genau so aus wie ich. Er ist mit einem Meter 95 genauso lang und hat auch noch das gleiche lichte Haar wie ich. Man kann sagen, dass er wie ein Zwillingsbruder von mir aussieht.

Im Gegensatz zu mir ist er sehr belesen und, wie soll ich sagen, very British halt. Nur trinkt er immer Scotch und ich lieber meinen geliebten Äppler (Apfelwein).

Haeddy ist Burgherr und mit Geld und Teeplantagen auf Sri Lanka gesegnet und reist standesgemäß mit seinem Luxuswohnmobil mit auflackiertem Union-Jack durch die Welt. Wir alle, Haeddy, Boris, Nina, Ben-Johnson sowie Egor, seine Frau und ich sind, neben neuen netten Menschen die ich kennenlernen durfte, auch die Hauptdarsteller in meinem neuen Roman „ von Frankfurt nach Südengland“. Nicht zu vergessen meine geliebte Frau Anne (die beste Aller) und natürlich auch der Hausgeist Hans - Herrmann der auf der Burg Chotyn sein Spukwesen treibt. Und viele neue Gesichter auch.

Der Grund das wir alle in Sherborne Castle zusammenkamen war, dass uns Haeddy zur Sommer-Sonnenwende in sein Schloss eingeladen hatte um mit seiner „neuen Familie“, die er bei seiner Ahnenrecherche gefunden hatte, stilvoll zu feiern. Also kamen wir aus allen „Herren Ländern“ zu Haeddy und gaben uns die Ehre………….

Kapitel 1

Es geht los.

Letzter Aufruf für Dieter Weiss gebucht auf Flug
Lufthansa LH 540 nach London Heathrow.
Nachdem ich mich zu lange von meiner Frau Anne (die
beste Aller) verabschiedet hatte und ihr noch nen tollen
Schnusseler (Kuss) gegeben hatte, nahm ich nun die
Beine in die Hand und stieg in meine Maschine. Ich sah
noch wehmütig auf Frankfurt runter und dachte nicht im
entferntesten was mir gleich in der Maschine passieren
würde.
An und für sich fing der Tag gut an, da Lufthansa mir
einen Platz in der 1. Klasse überlassen hatte, weil die
Maschine überbucht war. Ich nahm gut gelaunt hinter
einem sehr gut gekleideten älteren Herrn platz.
Nachdem wir in der Luft waren fiel mir ein, dass ich
mein Sudokuheft samt Kugelschreiber im Handgepäck
über mir vergessen hatte und stand auf um die Klappe
zu öffnen. Dass Missgeschick nahm seinen Lauf. Ich
öffnete ergo die Gepäckklappe über mir. Mit schier
unglaublicher Geschwindigkeit fiel ein sauschwerer
Gegenstand in einer Plastiktüte eingewickelt heraus,
schier direkt auf das Toupet des Herrn vor mir. Dieser
flirtete gerade mit einer gutaussehenden Dame im Gang
direkt gegenüber und er versuchte Ihr zu imponieren…
Nun was soll ich sagen, das Toupet war auf seine Nase
gerutscht und er blutete auf der Kopfhaut. Irgendwie sah
er elend aus. Er schrie mich an, was ich mir erlaube und
dass ich unfähig sei aufzupassen und was weiß ich noch
alles. Selbstverständlich entschuldigte ich mich sofort

und sagte dass der schwere Gegenstand nicht von mir sei und man damit ja nicht ahnen konnte, dass das Ding da rausfiel und seinen Kopf traf. Das war ihm aber völlig egal und er prustete sich auf um der Dame neben ihm zu imponieren. Das Toupet hatte er mittlerweile diskret eingesteckt und sagte, er sei eine very Important Person und das würde für mich böse Folgen haben: Dass kommt davon wenn Bauern fliegen. Da kam er bei mir ja genau an den Richtigen. Ich sagte ihm, dass ich erst letzte Woche beim Papst auf dem Petersplatz war und dass er mich gesegnet hatte, und ich nun auch eine very Important Person sei, quasi mit dem lieben Gott irgendwie auf urbi und orbili und schaute dabei mitleidig auf seinen leicht blutenden Kopf. Dabei konnte ich mir die Bemerkung, Narben machen Männer interessanter, nicht verkneifen. Jetzt war aber was los. Ein HB - Männchen iss schier nix dagegen. Na egal, nachdem die anderen Fluggäste die Sache geschlichtet hatten, saßen wir nun wieder ruhig hintereinander auf unseren Sitzen. Die Stewardess gab (wie sich während unseres kleinen Disputs herausgestellt hatte, hieß der Vip-Mann Tebarz von Selbst), dem leicht Blutenden ein Kinderpflaster mit lustigen Motiven drauf. Aber auch das konnte unseren Vip-Tebarz nicht aufmuntern. Nun versuchte die Dame neben dem VIP - Mann diesem zu imponieren, indem sie ihre super teuren ausgeschnickten Schuhe auf die Armlehne des Vordermannes stellte. Das sah schwer lässig aus und dem VIP - Mann schien es zu gefallen. Ich, mittlerweile schwer sensibilisiert, fand das aber eine mittelschwere Zumutung und machte nun das gleiche mit „meinem VIP-Mann". Der, not amüst, fauchte mich an: Was ich mir erlauben würde, worauf ich entgegnete, dass er das gleiche bei seiner Begleitung ja doch sehr toll finden würde. Fast hätte er mich erwürgt und die Stewardess musste wieder schlichten. Die hatte nun aber zu allem

Unglück gesehen, dass aus der Klappe über dem VIP-Mann noch ein Teil der Plastiktüte von dem sauschweren Gegenstand herausschaute, welche ich naturalemente wieder nach oben bugsiert hatte.

Die Stewardess öffnete die Klappe um die Plastiktüte zurückzuschieben und erneut fiel wieder der schwere Gegenstand heraus und wieder… wie kann´s denn anders sein, auf die Halbglatze unseres VIP-Mann´s. Es gab ne neue Narbe und ich war schon versucht meinen Spruch zu wiederholen, konnte es mir aber doch noch verkneifen. Natürlich war ich mal wieder der Schuldige und alles ging von vorne los. Glücklicherweise war danach auch schon der Flug zu Ende. Der Zufall wollte es, dass ich am Gepäckband direkt neben unserem VIP-Mann stand, als sein Koffer kam. Er hob ihn hoch, rutschte aus und der Riesenkoffer viel ihm auf seinen Fuß. Ich konnte nicht anders und musste lauthals lachen, ging aber von ihm weg um nicht mehr zu provozieren. Nix wie weg zum Ausgang, wo Haeddy schon mit seinem Luxuswohnmobil mit auflackiertem Union-Jack auf mich wartete. Auch Ben Johnson war da, umarmte mich herzlich und pfiff laut vor Freude durch seine Zahnlücke. Irgendwie fühlte ich mich rundrum wohl und fast wie Zuhause.

Es war schon spät und wir übernachteten in einem schönen Hotel in der Nähe, wo wir anschließend noch den ein oder anderen an der Hotelbar scotchten, bevor wir saumüd ins Bett fielen.

Die Vögel zwitscherten um halb acht als ich aufwachte. Ich hatte gut geschlafen und zog die Vorhänge auf, um den schönen Blick auf den Hotelpark zu genießen. Die Sonnenstrahlen durchfluteten mein Zimmer und ich war gut gelaunt wie lange nicht mehr. Ich strotzte nur so vor Tatendrang und freute mich auf einen super Tag, wollten wir doch heute nach Midsummer fahren und auf den

Spuren von Inspector Barnaby wandeln. Für Leser die Inspector Barnaby nicht kennen sei gesagt, dass es sich hierbei um die erfolgreichste Krimiserie in England handelt. Aber es kam wieder einmal anders als gedacht…..

Beim Frühstücken trafen wir uns dann in dem schönen Wintergarten unseres Hotels, Haeddy, Ben-Johnson und ich. Wir waren in bester Stimmung. Haddy gab mir die Tageszeitung mit den Horoskopen und sagte: Well, du hast heute aber ein super Horoskop, du bist ein echter Glückspilz. Er las mir ausschweifend vor: Gesundheit absolut Top, beruflich strotze ich nur so vor Energie und in der Liebe lass ich´s so richtig krachen. Das Horoskop riet, ich solle den Tag so richtig auskosten. Erfolg auf der ganzen Linie halt, so was sollte so schnell nicht wieder kommen. Irgendwas mit dem 7. Mond zwischen Jupiter und Mars oder in der Richtung. Nun glaube ich ja eigentlich nicht so richtig an Horoskope und mit den englischen war ich noch nicht so bewandert, aber ich freute mich natürlich und dachte mir: Das wird ein Hammertag. Vielleicht begegne ich ja sogar Inspector Barneby oder kann bei einem Filmdreh mal mitspielen…
Gott weis was mir alles im Kopf rumspukte. Ich ging auf mein Zimmer um zu packen. Als ich fertig war ging ich nochmal auf den Balkon, um ein letztes Mal die super Aussicht zu genießen. Fatale Fehlentscheidung. Noch während meines Falles über den Sims der Balkontür dachte ich an mein Horoskop. Beim Aufprall nicht mehr.
Eine Platzwunde über dem Auge, ne Beule am Kopf und ein Zahn war eingedrückt. Gepflastert und einbandagiert wie eine Mumie fuhr mich dann Ben-Johnson zum Zahnarzt. Dort stand mir eine bildhübsche Zahnarzthelferin, so etwas über die vierzig, gegenüber

und lächelte mich an. Sie hatte strahlend blaue Augen und war mir auf anhieb sympathisch. Sofort dachte ich an mein Horoskop und flirtete mit meinem losen Zahn flott drauf los. Sie lächelte mich liebenswürdig an und sagte kess, ob ich denn schon mal auf mein Geburtsdatum auf meiner Krankenkassen-Chipkarte geschaut hätte……..

Na, das war´s dann ja wohl auch mit der Liebe in meinem Horoskop.

Muss ich denn auch rumflirten wo doch meine Anne (die beste Aller) auf mich wartete. Nun, nachdem Dr. Stringer meinen Zahn einigermaßen in die Senkrechte gebracht hatte, verließ ich die Praxis um zu Ben-Johnson ins Auto zu steigen. Direkt vor der Haustüre aber war vor kurzem ein Yorkshire Terrier zugange gewesen und hatte sich seines „Dinners for Dog" entledigt, worauf ich einen doppelten Rittberger (Ausrutscher) hinlegte……………..

5 Minuten später saß ich wieder auf dem Stuhl von Dr. Stringer. Mit coolem Lächeln bekam ich von der blauäugigen Schönheit den Mund abgesaugt. Ein erneutes Goodbye von der Dentalcrew bis Tommorrow zur Nachgucken. Aller guter Dinge sind drei dachte ich so bei mir, da kann ja heute nix mehr passieren. Fix und fertig ließ ich mich auf den Autositz fallen und Ben-Johnson fuhr mich zurück zum Hotel. Ich bezog erneut mein Zimmer und legte mich zum Erholen auf meinen Relaxliege auf den Balkon. Dachte ich. Die Aussicht genießend blickte ich hoch zu den Wolken und sah aus dem Augenwinkel wie ein Eimer aus der Etage über mir genau auf mich zu flog. Mumifiziert und übelst angeschlagen konnte ich leider nicht ausweichen und was soll ich sagen, der Eimer erwischte mich mit seinem Eisenhenkel der in der Seite eingelassen war, genau auf meinem gerade gerichteten Zahn. Nun ging

ich zum dritten male zu Dr. Stringer………….. Ärger, Ärger, Ärger.

Als mich die hübsche Blauäugige sah, musste sie so laut und herzlich lachen, dass die Leute aus dem Wartezimmer samt Dr.Stringer rauskamen, der ebenfalls nicht umhin kam mit einzustimmen. Alles lachte und es war eine richtig gute Stimmung in dem Laden, einfach toll. Die Leute vom Wartezimmer kringelten sich vor lachen und wussten nicht warum und die Angestellten von der dermatologischen Praxis von nebenan kamen auch noch vorbei. Alle hatten ihren Spaß nur ich nicht. Dafür wollte sich aber die Blauäugige sich mit mir zum 5 Uhr Keksessen verabreden. Ob aus Mitleid oder weil ich einen Mengenrabatt gut hatte weiß ich nicht. Sollte sich das Horoskop doch noch zum Guten wenden?? Ich also zum 3. Mal auf den Stuhl von Dr. Stringer. Mit einem Augenzwinkern verabschiedete sich Ginger (sie hatte sich mittlerweile geoutet) bis tommorrow five o clock.

Mir, mittlerweile vollgepumpt mit Narkosemittel, war mittlerweile alles egal und ich fuhr sofort mit Ben-Johnson zurück ins Hotel und nix wie ins Bett.

Tatsächlich waren keine weiteren Vorkommnisse bis zum nächsten Tag zu vermelden.

Kapitel 2

Am nächsten Tag holte ich meine Anne (die beste Aller) mit Ben- Johnson und Haeddy vom Flughafen ab und sie war schwer überrascht. Erstens wie demoliert ich aussah und wie ähnlich „mein Zwilling" Haeddy mir doch ist. Anne hatte ihn ja noch nie von Angesicht zu Angesicht gesehen. Ben-Johnson begrüßte Anne mit einem „Hello Anne-Girl" und die beiden verstanden sich prächtig und wir waren alle bester Laune. Schnurstracks fuhren wir zu Haeddys Castle nach Sherborne in der Grafschaft Dorset, wo England am englischsten ist. Das Schloss liegt romantisch an dem Fluss Yeo und hat einen herrlichen Schlosspark. Haeddy erklärte uns, daß Sherborne übersetzt „klarer Fluss" bedeutet und man hier super angeln kann. Wir dinierten unüblich in der Küche und ließen es uns bei Sunday Roast und Yorkshirepudding so richtig gut gehen. Haeddy holte seinen Dudelsack raus und spielte für uns ein paar Lieder, unplugged versteht sich.

Am nächsten Tag kamen auch Boris und seine Tochter Nina aus Kiew und Egor mit seiner Frau an. Nun waren wir vollzählig und freuten uns alle darauf bei Haeddy die Sonnenwende feiern zu dürfen. Auch dass Schlossgespenst Hans-Herrmann von der Burg Chotyn in der Ukraine durfte natürlich nicht fehlen. Wir hatten lange überlegt ob wir Hans-Herrmann auf unser erstes Familienfest nach England mitnehmen sollten. Egor, Burgverwalter in 6.er Generation von der Burg Chotyn sagte, dass das Schlossgespenst ja immerhin ja auch ein

Familienmitglied sei und dass es vielleicht sein Fluch durch die Reise verlieren könnte. Diese Chance sollte man Hans-Herrmann nicht verbauen. Eigens für Hans-Herrmann war Ben-Johnson eine Woche vorher mit einem Lkw angereist. Auf der Ladefläche war ein Teil der Chotyner Burgmauer verladen, damit das Schlossgespenst Hans-Herrmann eine Unterkunft für die Reise aus der Ukraine nach Südengland hatte. Nun kam er aus seiner lieblings Mauerritze raus und spukte mit seinen englischen „Kollegen" des Nachts im Gemäuer, besonders wenn der Dudelsack von Haeddy erklang war die spukende Gemeinde hin und weg.

Hierzu muss ich noch die kleine Geschichte mit dem Zoll erzählen die Ben-Johnson mit seinem Truck beim Britischen Zoll erlebt hat:

In Dover angekommen, fragte ihn der Beamte, was er denn für eine Mauer da auf dem Auflieger habe und ob er es verzollen möchte.

Ben Johnson war nun selber als 80-jähriger farbiger Amerikaner mit rotgefärbten Haar und ner riesigen Zahnlücke ja an sich schon die Erscheinung schlechthin. Dass er aber eine uralte Burgmauer schwer befestigt auf einem Truck durch die Gegend fuhr, die er aus der Ukraine mitgebracht hatte, war, sagen wir mal doch wirklich sehr außergewöhnlich. Das musste ja naturalemente die Neugier des britischen Zöllners wecken. Also erklärte Ben-Johnson dem Mann in Uniform, dass wir alle ein großes Familienfest auf Sherborncastle feiern wollten und dabei auf keinen Fall Hans-Herrmann der Geist von der Burg Chotyn fehlen dürfe.

Hierzu möchte ich nochmal in Kürze die Geschichte von Hans-Herrmann euch näherbringen:

Ganze 20 Lenze zählte Hans-Herrmann wo ihm folgendes Missgeschick ereilte…………

Auf dem Hof der Burg Chotyn , direkt vor dem Brunnen ging die heiße Luddy (Ludmilla) vor ihm her. Sie scharwenzelte mit einer Art von zerfleddertem Karpartenhöschen (Vorläufer der Hotpants) vor Hans-Herrmann, dem die Augen auf halb acht hingen und er nicht den Nachttopf sah,den er vor den Brunnen gestellt hatte. Er stolperte, die Augen immer noch auf die heiße Luddy gerichtet,in den Brunnen und kurz bevor er unten aufschlug verfluchte er sich selbst. Jetzt hat er den Salat. Besser gesagt den Fluch. Aber immerhin kam er in das Familienwappen. In diesem ist ein fliegender Hammer abgebildet, da ihm sein Hammer, den er in der Hand hielt als er fiel, über die Burgmauer zischte und einen Erzfeind unterhalb der Burgmauer erschlug. Mehr konnte Hans-Herrmann nicht bei seinem Ableben tun und wurde kurzerhand als einmaliges Wappensymbol „ der fliegende Hammer" in die Geschichte der Heraldik aufgenommen.

Nun aber weiter zu dem skeptischen Zollfuzzy. Der war jetzt doch schwer nervös und holte seinen Chef und dann gings wieder von vorne los. Der schaute sich die Mauer an und vermutete gar schlimmes was sich im Innern befinden könnte und lies die Mauer umreißen. Da lag sie nun, zerbröselt wie Kekse nach einem Kindergeburtstag. Jahrhunderte von Jahren alt mitten am Kai von Dover im Zollgebiet.

Der Zufall (?!!) wollte es und die Turmuhr im benachbarten Zollhäuschen schlug 12……..…. Mitternacht halt. Hans-Herrmann wurde aktiv. Erst fing er an bei den Beamten rumzuwüten. Die Mützen fielen von den Köpfen und landeten im Wasser. Der Zeiger der Turmuhr drehte sich in Lichtgeschwindigkeit um sich selber, zischte von seiner Achse piroutierte einen galanten dreifachen Doppelaxel und stach mit des Zeigers Spitze mitten in den Reifen vom Dienstfahrzeug von Oberzollinspector Kellerham, welcher mit einem mittelschwerem „PUUHH" sein Leben aushauchte. Vom Bagger der die Mauer umriss fiel unter jämmerlichen Geheule schnaufend die Schaufel ab. Ben-Johnson saß vergnüglich vor seinem Truck und lachte sich eins. Als Hans-Herrmann dann noch Wind aufkommen lies, dass es den Boss der Zolltruppe vom Pier fegte war das Maß voll. Er schrie: nehmt den Bagger und ladet die Steine auf den Truck dass der Spuk ein Ende nimmt. Genüsslich nahm Ben-Johnson das Zollformular und machte ne Fackel draus. Als die Steine dann endlich wieder auf dem Auflieger waren begab sich Hans-Herrmann unter übelstem Kettengerassel zurück in „sein Gemäuer". Am nächsten Morgen dann baute Ben-Johnson mit den Handwerkern aus Sherbornecastle die Mauer wieder auf und stellte sie direkt im Schlosshof auf das Hans-Herrmann schnell Kontakte mit seinen „ englischen Spukgenossen" aufnehmen konnte.

Kapitel 2

Nun war der Tag der Sommersonnenwende gekommen zu dem uns Haeddy alle eingeladen hatte. Boris, seine Tochter Nina, Egor mit seiner Familie, Ben-Johnson, meine werte Person mit meiner Frau Anne und naturalemente Haeddy unser Gastgeber saßen nun an einer festlich gedeckten Tafel. Die stand im freien auf dem Schlosshof vor einem tollen Lagerfeuer. Es wurde getafelt was das Zeug hielt. Um Mitternacht gesellten sich noch das spukende Volk dazu und wir zündeten das Sonnenwendfeuer an. Dabei sangen und tanzten wir samt dem ganzen Hauspersonal bis hin zum Wachhund die ganze Nacht. Haeddy und sein Hausverwalter spielten auf dem Dudelsack und auf der Geige dass es so richtig in Mark und Bein ging. Dazu kamen dann die Grufti Rhythmen von Hans-Herrmann und Gesellen. Eine wahrlich erhebende Nacht, die wir alle erleben durften. Erst als der Morgen „graute" verzischte sich Hans-Herrmann und Gesellen und auf Sherbornecastle wurde es ruhig. Das Frühstück fiel aus und wir gingen nahtlos zum Dinner über, auch nicht übel.

Der übliche Scotch oder mein heißgeliebter Äppler
fielen aus, dafür gab´s dann O-Saft oder Tee. Danach
verabschiedete sich „ die Ukrainetruppe", also Boris mit
seiner Tochter Nina und Egor mit seiner Familie, die
nach der tollen Feier mal Südengland ansehen wollte.
Extra zu diesem Anlass hatte Haeddy es wieder mal
richtig krachen lassen. Er hatte einen tollen Oldtimerbus
gechartert und die besten Hotels gebucht. Zum Abschied
noch ein bissi winke-winke und schon waren Haeddy,
Ben-Johnson, Anne und ich wieder unter uns.
Ach ja, bevor ichs vergesse, das Date mit Ginger zum
 5- O - Clock Tea hatte ich zwischenzeitlich abgesagt,
war mir dann doch zu heiß das Ganze……….

Mittlerweile waren wir schon ein paar Tage auf
Haeddys Castle und ich wollte mit meiner Frau Anne
(die beste Aller) wieder mal die Gegend erkunden, als
mich Haeddy fragte: Hast du Lust mal mit mir und Ben-
Johnson nach Exeter mitzukommen? Wir fahren zu
meinem älteren Halbbruder Bob. Er wohnt im „Old
Peoples Home" (so eine Art Altenwohnheim) und ich
besuche ihn so ab und an. Es ist so in der Gegend von
Cornwall, ganz schön da. Für solche Touren bin ich
naturalemente sofort zu haben und ich packte sogleich
meine sieben Sachen, schnappte meine Anne und los
gings. Schließlich ist Bob doch auch ein Verwandter
von mir, so irgendwie über 7 Ecken.
Mittlerweile hatten sich auch noch Egor mit seiner Frau,
Boris und Nina dazugesellt die auch gerade in der
Gegend unterwegs waren. In Exeter angekommen
wollte ich allen mal zeigen was ich mit Anne (die beste
Aller) bei unserer Südenglandrundreise im letzten Jahr
so alles gesehen hatten und wir gingen zusammen in die
Kathedrale von Exeter, welche eine Besonderheit hat
von der ich berichten wollte. Die Kirche ist auf einem
unterirdischem Flusslauf gebaut und steht quasi auf dem

Wasser. Die Kathedrale ist mittlerweile schon zwei Meter zur Seite geneigt und hat im Fußboden eine Öffnung mit einem Wasserstandsmesser um zu erkennen dass immer genug Wasser fließt, denn sonst würde es bei Austrocknung des Untergrundes die Kirche schier zerbröseln.

Wie klein das Loch im Boden ist kann man gut im nebenstehenden Foto gut sehen.

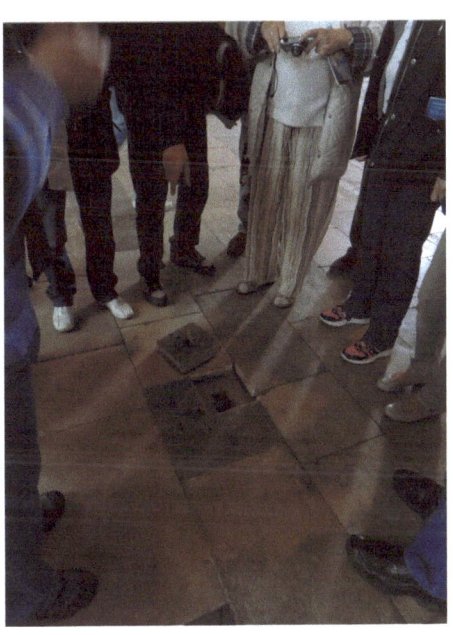

Bei unserem letzten Besuch hatte unsere Reiseleiterin im Fußboden einen Stein entfernt und eine 2 Meter große Holzlatte hineingesteckt damit man sehen konnte, wie hoch der Wasserstand ist. Na, das wollte ich(verbotenerweise) natürlich auch zum Besten geben. Ich hob auch den Stein weg und sagte zu Ben-Johnson: Steck doch mal die Latte da ins Loch und guck mal wie hoch das Wasser iss. Ben-Johnson steckte das Ding bis auf den Grund und brach dabei die Latte ab. Das war natürlich übelst und wir schauten uns verlegen um, ob jemand das Unheil gesehen hatte. Es war aber niemand zu sehen und so versuchten wir mit dem übrig gebliebenen, abgebrochenen Stück der Latte das bis auf den Grund gefallene Teil herauszuholen. Dummerweise verklemmte sich das Ganze und war überhaupt nicht mehr zu bewegen. Daraufhin staute sich das Wasser übelst und sprudelte mir großem Gezische aus dem Loch hoch direkt auf den Kirchenboden. Quasi als „heilige Turbo-Quelle". Ruck-Zuck war alles überschwemmt und wie es halt immer so iss kommt natürlich gleich so ein Kirchenspezi vorbei und verkündete einen Schwall von nichtbiblichen Sprüchen die ich jemals gehört habe. Jetzt machte sich beim „Exeterkaplan" die Panik breit und er schickte uns raus, wir sollten draußen warten. Ben-Johnson pfiff durch seine Zahnlücke zum Leidwesen des nun doch etwas nervösen „Exeterkaplans" irgendwas indianisches und wir machten das wir fortkamen. Nix wie weg. Wir nahmen unsere Beine unter die Arme und liefen was das Zeug hielt.

Wir hörten von der Ferne noch die Feuerwehr und fuhren schnell zum Altenwohnheim von Bob. Die Ukrainefraktion trennte sich von uns wieder und fuhr anschließend nach Lands End in Cornwell weiter. Im Altenwohnheim angekommen breakfesteten wir erstmal in der Dining Hall mit den Insassen, die für ihr Alter noch sehr munter waren. Ich hab mal so rumgefragt wies so zugeht und es war zu vernehmen, dass die alten Leutchen ein bisschen von der Langeweile geplagt wurden. Da dachte ich mir, dem kann abgeholfen werden und brachte einen Bingospecial auf die Beine.

Ein schenks-weiter-Bingo- Nachmittag stand dann an auf dem Flyer für den nächsten Tag. Den hatte ich selber erfunden und schon daheim in Frankfurt sensationelle Erfolge erzielt.

Hierbei nimmt man ein Geschenk, das man selber einmal bekommen hat, es nun aber nicht mehr will weil es kein Mensch brauchen kann oder es so geschmacklos ist dass es nur noch als Wurfgeschoss dient. Dieses „tolle Geschenk" also packt man nun so ein, dass niemand sieht was in der Verpackung schreckliches drin ist. Danach stellt man es auf einen Tisch. Alle übrigen Teilnehmer machen das genauso. Der Gewinner des Bingo darf sich ein verpacktes Geschenk aussuchen. Wenn man es dann vor „Versammelter Mannschaft" auspackt kommt es häufig zu großem Gelächter und es iss Stimmung in der Bude. Und zurückgeben iss nicht. Mittlerweile hat sich das schenks-weiter-Bingo in sämtlichem Altenwohnheimen in Südengland durchgesetzt, iss ja auch irgendwie so ein bissi britischer Humor dahinter. Aber egal. Bob sagte mir nun, dass ein ihm gut bekanntes älteres Ehepaar sich bei ihm gemeldet hat und ihn um Hilfe gebeten hat und ob wir mitkommen möchten. Wir wollten und so fuhren wir hin um zu helfen. Es handelte sich um das Ehepaar Browning. Sie wohnten in Sandypark, einem kleinem Ort direkt im Nationalpark Dartmoor. Ihr Problem war, dass ihre 300 Jahre alte Linde gefällt werden sollte. Die Linde sollte umgesänst werden weil ein Verkehrskreisel, den kein Mensch braucht, gebaut werden soll. Na, mal sehen was man da machen kann. Anne, Haeddy, Bob, Ben-Johnson und ich gingen kurzerhand zu dem Ehepaar Browning und schauten uns die Sachlage an.

Hmmmm... was kann man da gegen einen Gemeindebeschluss machen? Wie immer hatte ich mal wieder ne (für mich) blendende Idee: wir machen ne

Demo mit den Leuten aus dem Altenheim. Bei denen hatte ich ja ne´n Stein im Brett, war ich ja nun so ne art Robin- Gott des Bingos. Also organisierte ich ein openair- schenks-weiter-Bingo direkt unter der 300 Jahre alten Linde mit sämtlichen Rentnern die ich kriegen konnte und verteilte Flyer zur Erhaltung der Linde dass es nur so krachte. Als nun die Bautruppe zum Fällen kam, saßen rund 50 Rentner unter dem Baum und spielten genüsslich Bingo auf gedeckten Tischen. So mit Wein, Weib und Gesang, ein schönes Picknick halt. Da die Presse auch da war, ging naturalemente nix mit fällen und so spielten die Bauarbeiter mit und einer packte sogar noch ne alte Axt als Preis ein. Alles in allem ein schöner Nachmittag, leider nicht für den Gemeinderat und der Bürgermeister von Sandypark war alles andere als amüst.
Er erwirkte, dass der Fälltermin eine Woche später sein sollte und das Gelände unter Polizeischutz abgesperrt wurde.
Nun tat sich was besonderes in Sandypark. Unter Mithilfe der örtlichen Presse hatten wir so viel Sympathie, dass sich über alle Grafschaften hinweg hunderte von Rentnergruppen mit Bussen aufmachten und am morgen des Fälltermins in Sandypark bei dem Ehepaar Browning waren um zu demonstrieren. Es war für alle auch ne schöne Tour nach Dartmoor, dass ja ein beliebtes Ausflugsziel ist.

Der Rummel war groß. BBC kam und übertrug live, wie der Bürgermeister von Sandypark dem Ehepaar Browning Ihre geliebte Linde wegnehmen wollte, die ihre Vor-Vor-Vorfahren vor langer Zeit selbst gepflanzt hatten und ja auch auf ihren Grund stand, den man ihnen ja nun auch gleich mit wegnehmen wollte. Wegen einem „ stupid" Kreisel.

Die Rentner kamen mit Bänken und Tischen und stellten alle Straßen zu um zu picknicken (einige spielten natürlich auch schenks-weiter-Bingo). Es waren tausende. Auch Kriegsveteranen waren drunter, die mit Trompeten eine Attacke auf das Fällkommando bliesen. Das war natutalemente für die Partei des Bürgermeisters so übel, dass dieser kapitulierte und zähneknirschend verkündete, dass der Baum stehen bleiben durfte.

Das war ein Fest für alle Teilnehmer welches in die Historie von Sandypark einging und es wurde bis in die Abendstunden gefeiert was das Zeug hielt.

Tags darauf gab der Gemeinderat dann einen Auftrag an ein Unternehmen für Luftaufnahmen auf dass man einen anderen Weg beschreiten könnte.
Der neue Kreisel sollte dann 30 Meter hinter der Linde erfolgen. Ein toller Erfolg und irgendwie ein nationales Ereignis. Die Luftaufnahmen wurden in der Presse veröffentlicht und als Haeddy sich die Fotos genauer ansah fiel ihm was seltsames auf............
Direkt unter der Linde sah man in einer Art Silhouette zwei Gräber, die schon vor langer Zeit dort angelegt worden sein mussten. Haeddy kannte sich mit Luftaufnahmen aus, da er selbst schon viele von seinem Anwesen gemacht hatte. Was war da los bei dem Ehepaar Browning? Hatten Sie verhindern wollen, dass man dort etwas geheimnisvolles finden würde? Leichen konnten es ja an und für sich nicht sein, da jedes der zwei Gräber so acht mal fünf Meter maß. Höchstens zwei Massengräber. Also, was war da vergraben und warum verheimlichte das Ehepaar Browning das vergrabene „Etwas" vor der Öffentlichkeit? Ging es vielleicht gar nicht um „Ihre alte Linde" und hatten sie uns nur ausgenutzt? Ach Gottche, Fragen über Fragen. Neugierig geworden gingen Haeddy, Anne und ich mit den Fotos zu dem Ehepaar Browning. Man muss hierbei

erwähnen, daß das Ehepaar Browning einen total lieben und braven Eindruck machte und wir dachten nicht eine Einzigen Moment, dass sie etwas unredliches machen könnten. Haeddy zeigte Ihnen die Aufnahmen und fragte, ob sie wüssten was denn da begraben sei. Jetzt wurde das Ehepaar Browning doch sichtlich nervös und erzählten uns unter Tränen eine schier unglaubliche Geschichte...…

Kapitel 3

Der Ur-Ur-Großvater von Mr. Browning, Charles Browning, hatte anno 1890 eine ägyptische Statue von Alexandria mitgebracht, die er dort als Archäologe im Nil gefunden hatte. Es war eine kleine Sphinx, die in zwei Teile gebrochen war. Genauer gesagt war sie eine Kopie der Sphinx von Gizeh die man direkt am Nil aufstellen wollte. Charles Browning hatte zeitgleich mit Howard Carter in der versunkenen Welt der Pharaonen in Theben (dem heutigen Luxor) geforscht und hatte etwas Sensationelles entdeckt. Während Carter auf der anderen Seite des Nils im Tal der Könige das Grab des Tut Ench Amun ausbuddelte, ging er im Nil baden. Er saß auf einem Granitblock und sprang ins Wasser. Dabei sah er beim Tauchen, dass der Steinblock unter Wasser das Gesicht einer Sphinx hatte und dass direkt beim „Nachbarfelsen" daneben noch einmal dasselbe Gesicht auftauchte, jeweils zur Hälfte. Die Statue musste seinerzeit beim Beladen des Schiffes vom benachbarten

Steinbruch ent-2-gebrochen sein und da man von oben im Wasser nur die abgebrochenen Stellen der Sphinx sah hatte keiner Notiz davon genommen.

Na, wie immer es auch war, er hat die zwei tonnenschweren Teile geborgen und auf geheimen Wegen nach Sundypark bringen lassen wo er „seine Sphinx" in einem extra dafür gebauten Wintergarten aufgestellt hatte.

Das durfte natürlich keiner wissen und er erfreute sich Zeit seines Lebens über die wie er sie nannte „geteilte Sphinx" von Theben.

Nachdem er die Kurve kratzte bekamen die Erben tierische Angst vor der Schande, dass die Familie als Räuber von historischem Ägyptischen Statuen an den Pranger gestellt werden und hatten mit dem hiesigen Bauunternehmer Mr. Cavendish die geteilte Schönheit im Garten verbuddeld. Und nun hatte das brave Ehepaar Browning naturalemente versucht die Ausgraberei zu verhindern.

Das kuriose dabei war, dass das Ehepaar Browning selbst nie die Sphinx von Angesicht zu Angesicht gesehen hatten und nun war die Bescherung da. Aber was nun tun, dass war jetzt die Frage.

Was soll ich sagen, Haeddy wusste Rat. Da können wir nur in die Offensive gehen, sagte er. Irgendwie kommt es doch mal raus.

Also machten wir es Publik, aber so richtig voll Stoff. Der Plan war, alles darzulegen und die Sphinx vor großem Publikum auszugraben und aufzustellen, und zwar von dem Nachkommen der Baufirma Cavendish die ja auch die Sphinx seinerzeit verbuddelt hatten. Ausgraben durften es die Rentner aus den Altersheimen, die wie wir ja (etwas missbräuchlich) mitgeholfen hatten die Linde zu erhalten, so als kleines Dankeschön quasi. Dem Bürgermeister kam dann die Ehre zuteil die

Sphinx nach Luxor zurückzubegleiten, als offizieller Rückführer sozusagen.

Vorher musste natürlich die Ägyptische Regierung von dem Unternehmen in Kenntnis gesetzt werden die unter der Liveübertragung von BBC dem ägyptischen Publikum übersetzen durften. Nach der Bergung sollten Abdrücke für 2 Kopien gemacht werden. Eine fürs Britische Museum in London und eine für einen vom Gemeinderat, von noch zu findenden Standplatz, (vielleicht der neue Kreisel?) in Sandaypark, wenn man so will eine neue Sehenswürdigkeit, die Sphinx von Dartmoor.....
So wäre die Ehre der Familie Browning wiederhergestellt, da sie ja Kulturgut zurückgibt, was noch nicht mal die britische Regierung mit ihren ägyptischen Fundstücken macht, den Rentnern ist damit auch gedankt, und die Einwohner von Sandypark samt Bürgermeister würden nur so strotzten voll Stolz.

Die Rückführung und die zwei Kopien sollten von dem Geld für die Liveübertragung vom BBC bezahlt werden, die Ausgrabung von der hiesigen Baufirma Cavendisch war als kostenlose Wiedergutmachung anzusehen, was natürlich gleichzeitig Reklame für die Nachfahren der Familie Cavendish war. Und dann waren ja auch noch die Brownigs selber, die nun endlich auch einmal die Sphinx aus Theben sehen durften.
Bevor es zum großen Tag der Ausgrabung kam passierte aber wie immer etwas anderes, was mich nach Indien reisen lies.
Deshalb unterbreche ich hier für...............

Kapitel 4

Meiner Anne(die beste Aller) hatte der englische Nebel aufs Gemüt geschlagen und war früh zu Bett gegangen und da ich noch nicht müde war, schlenderte ich mit Ben-Johnson zum Pub Old Shaddow um ein kleines Pintchen zu inhalieren. Als wir an einem schönem Viktorianischem Haus vorbeikamen, kniete ein alter Mann mit einem Blumenstrauß auf der Straße und schrie lauthals" I Love You „ I Love You" zu einem Fenster im 1. Stock. Das ging so 5 Minuten und wir wussten nicht, was wir machen sollten. Der alte Mann wurde nicht erhört und am Fenster tat sich schier nix. Enttäuscht trabte er von dannen. Ben-Johnson und ich gingen in den Pub und gaben uns einen oder auch zwei, bis auf einmal Haeddy erschien und einen mitscotchte, wie er immer zu sagen pflegt. Wir erzählten Ihm die Geschichte und er erklärte uns, dass der Mann Edward Snowden hieß und übelst dement war. Seine große Liebe Diana war vor einiger Zeit verblichen und er meinte nun, sie wie früher erobern zu müssen.
Dies tat er öfters und die Leute hatten sich schon dran gewöhnt.
Haeddy sagte uns, er kenne Edward seit seiner Kindheit und manchmal habe er lichte Momente. Er war in den 80er- Jahren mit ihm zusammen in Indien. Edward jagte damals einem Schatz nach, den er mittels einer alten Karte im Dschungel zu finden hoffte. Leider musste sich Haeddy um seine Teeplantage im benachbarten Sri Lanka kümmern und konnte nicht mit suchen. Na ja,

wie dem auch sei, nach ein paar Pints und ein paar Scotchs sagte Haeddy zu uns, Edward habe auch seinen Schatz gefunden und ihn irgendwo in Indien verbuddelt. Nun warte er auf einen lichten Moment damit er vielleicht den Standort ausmachen könnte. Und man kann`s kaum glauben, genau dass passierte einen Tag später. Wir kamen auf dem weg zum Pub wieder an dem Haus vorbei und genau wie am Tag zuvor rief Edward wieder sein „I Love You" ans Fenster seiner verblichenen Diana hinauf. Auf einmal aber verstummte er und schaute sich mit seinem Blumenstrauß ungläubig um und wusste anscheinend nicht was er da grad macht. Gottseidank war Haeddy dabei und die beider unterhielten sich. Edward schien total klar und Haeddy nahm ihn mit in den Pub. Nach ein Paar Dartmoorwhiskys fragt ihn Haeddy, ob er nicht Lust habe seinen Schatz zu heben, man könnte doch viel Gutes damit machen, ei derweil er ja keine Angehörigen hat, könne er es ja auch nicht vererben. Edward fand die Idee toll und er sagte noch bevor ihn die geistige Dunkelheit wieder einholte: Jungs, wir müssen nach Nagpur im indischen Bundesstaat Maharashtra.
Dort im Stadtpark hat er Ihn vergraben, dass wusste er genau………..
Nun muss man wissen: Nagpur ist eine Millionenstadt und der Stadtpark hat ungefähr die Ausmaße vom Centralpark von New York.
Was nun tun? Edward war wieder mal in seiner Welt angekommen und war eher auf der suche nach Diana als nach seinem Schatz (wahrscheinlich war Diana auch der größere gewesen).............
Am nächstem Tag gingen wir wieder zu ihm hin und er stand wieder vor´m Haus und rief seine Diana an. Zufällig hatte ich ein Paar Flaschen Äppler (Apfelwein) dabei, die ich extra aus Frankfurt mitgenommen hatte und die ich mit allen im benachbarten Park zischen

wollte. Was soll ich sagen, wir nahmen Edward einfach
mit und ihm schmeckte mein Stöffsche ausgezeichnet,
ja sogar so gut dass er sofort wieder einen lichten
Moment bekam. Woaaw..., was für eine Droge war doch
mein Bio-Äppler. Den hatte ich von meinem Freund
Christian aus Bad Nauheim bekommen und der nannte
sich „ROTE PUMPE" und war ein ganz besonderes
Stöffsche…..Den Umtrunk mit dem roten Pumpen-
Äppler probierten wir ein paar mal aus und es klappte
immer. Daraufhin buchten wir mit Britisch Airways
sofort 5 Tickets nach Indien. Nur schnell, damit wir den
richtigen Moment nicht verpassen bevor es zu spät war.

Aber warum 5 Tickets?
Eines war für Edward, je eins war für Haeddy, Ben-
Johnson, mich und.......nein nicht für Anne (die beste
Aller). Sie wollte nicht mit nach Nagpur und flog lieber
nach Hause und schickte uns einen Container mit
bestem Frankfurter Äppler direkt nach Indien, sicher ist
sicher.
Aber nun zum 5. Ticket. Das war für unseren Indien-
Führer bestimmt, Bob der „Earl von Dartmoor". Den
gibt's zwar nicht, aber Bob wollte als Bürgerlicher
unbedingt ne´n Titel haben und so hat er sich
kurzerhand selber zum Earl ernannt. Bob war seinerzeit
mit Edward und Haeddy in Indien unterwegs und ist
von den dreien der Einzige der die verschiedenen
Dialekte spricht, die man halt so braucht in Indien.
Außerdem wär es auch in einem der lichten Momente
von Edward von Vorteil, wenn er seinen ehemaligen
Weggefährten dabei hat.
Aus diesen kühlen Grunde suchten wir ihn auf. Haeddy,
Ben Johnson und ich. Das war aber gar nicht so einfach,
weil wir keine Adresse von ihm hatten. Bob war schon
ein seltsamer Zeitgenosse. So zwischen Klaus Kinski
und Alice Cooper, spindeldürr mit wilder blonder

Mähne wobei ihm das Haupthaar schwer im Stich ließ. Als Nachtmensch joggte er mit einer Stirnlampe kreuz und quer durch die Weiten von Dartmoor. Keiner wusste genau wo er sich aufhielt und Dartmoor ist very groß……….

Ben Johnson freute sich besonders auf den Trip, da er ja Wikingerfan ist und genau im Dartmoor trieben in der Vergangenheit die Wikinger 200 Jahre lang ihr Unwesen und raubten die Leute aus.
Also begaben wir uns in die Grafschaft Devon auf einen Wiesenhügel neben einer der dort typischen Klapperbridges, eine aus Schieferplatten übereinandergelegten Brücke, die über einen Bach führte, so hatten wir immer frisches Wasser.
Wir bauten unser „Camp" auf und legten uns auf die Lauer. Der Wind zischte und die Wiesen rauschten in der Nacht und irgendwo jaulte in der Ferne ein streunender Hund(wahrscheinlich ein Nachkomme des Hundes von Baskerville) und das Moor blubberte so vor sich hin. Da dachte ich an die Siggi, eine alte Bekannte von uns, die sagte immer wenn´s stockfinster war: es iss Sacknacht. Und genau so war es. Es war Sacknacht. Man sah schier gar nix und wir waren mittlerweile schon 3 Nächte „On Tour". Ich schmiss grade unsern Kocher an um eine mitgebrachte Frankfurter Gref-Völsings Rindswurst heiß zu machen (solltet ihr auch mal probieren), da trauten wir unseren Augen kaum was wir zu sehen bekommen sollten. Über unseren Köpfen zischte es auf einmal gewaltig und wir konnten den „Earl von Dartmoor"mit seiner eingeschalteter Stirnlampe ausmachen. Der Earl flog mitten in der Nacht mit einem Flugdrachen im Moor herum (man muss dazu sagen dass es im Moor bis zu 600 Meter hohe Hügel gibt) und landete direkt neben uns. Er hatte das Feuer vom Kocher gesehen und nun war die Freude

groß. Haeddy und er scotchen erst mal einen und der Earl lies sich unsere mitgebrachte Rindswurst schmecken. Als erstes musste er uns naturalemente seinen Spezialflugdrachen zeigen. Der war schwarz wie die Nacht und trug die Aufschrift „Empirer One " und hatte ein Cockpit mit GPS Flughöhenanzeiger und was weis ich noch für Schnickel -di-Schnackel. Das Outfit von „unserm Earl" war ebenfalls außergewöhnlich. Wegen der Kälte bei den nächtlichen Flügen trug Bob einen Neoprenanzug, darüber einen Umhang von Graf Dracula und eine Ledermütze samt Brille wie man sie von Oldtimerrallys kennt und unter der Ledermütze ragte dann seine wilde Mähne raus. Skurriler geht´s nicht. Der Earl hatte einen schweren Drang zum theatralischen. Aber egal, flugs unterbreiteten wir ihm nun unser Unterfangen. Bob fand die Idee super und da er nichts wichtiges vor hatte, war er " Feuer und Flamme", sozusagen.

Danach stieg er auf den nächsten Hügel und flog mit seinem „Empirer One" leicht angeschickert nach hause. Am nächsten Morgen dann fuhren wir zu Bobs mobiler Schlafstätte um ihn abzuholen. Er hatte sich einen alten Bauwagen umgerüstet der von einem High-Tech-Traktor gezogen wurde. So ein Teil aus Amerika mit allem Schnick-Schnack und so gefühlten tausend PS. Auf dem Bauwagen hatte er einen Leuchtturm montiert, aus dem er uns schon wie wild zuwinkte. Danach packte er alles in eine alte Holzkiste von annodazumal, nahm seinen Lenkdrachen und fuhr mit uns nach Sherbornecastle um gleich danach Edward Snowden abzuholen.

Auch wir packten alles zusammen und ab gings gleich am nächsten Tag in den Flieger. Auf nach Indien, auf nach Nagpur.

Kapitel 5

In Indien angekommen mussten wir erst mal den großen
Apfelweincontainer vom Zoll loseisen den Anne
aus Frankfurt hatte einfliegen lassen. Sie hatte sogar an
die dazugehörigen gerippten Gläser gedacht, sodass wir
standesgemäß unseren „Äppler" wie wir in Frankfurt
sagen, genießen konnten.
Im Zollamt von Nagpur öffnete ein Beamter dann eine
Flasche von unserem Äppler, weil er glaubte dass es
Schnaps sei. Er probierte und siehe da... es schmeckte
ihm. Daraufhin luden wir alle umherstehenden
Nagpurianer ein, mit uns einen zu zischen. Nach
unzähligen Gläsern waren wir alle bester Dinge und die
Zollgebühren lösten sich in Luft auf. Kein schlechter
Anfang. Bevor wir anfingen den Schatz zu suchen,
wollten wir uns erstmal ein bisschen akklimatisieren
und wir bummelten auf einer belebten Straße in Nagpur
entlang wo gerade die Müllabfuhr die Container
ausleerte. Überall ein Heiden- Krach, Autos, Mofas,
tausende lärmende Menschen ein Gehupe überall
und…… ein betagtes, und übelst stinkendes Müllauto
ratterte direkt vor uns. Man konnte sein eigenes Wort
nicht verstehen, da hörte ich aus dem Inneren des
Müllwagens irgendwas Indisches, was sich wie ein
Hilfeschrei klang und es klopfte jemand von innen an
die Wand des sich drehenden Müllbehälters. Wir hielten
den Wagen an und ließen ihn öffnen.

Unter unerträglichem Gestank kamen unter Bergen von Müll ein völlig verdreckter Junge zum Vorschein und fiel mir um den Hals. Er war so ungefähr 12 Jahre alt und erzählte uns völlig aufgelöst, dass er betäubt wurde. Nachdem man ihm sein Fahrrad und das Geld, dass er sich mit Zeitungsaustragen verdiente, geraubt hatte, habe man ihn in den Abfallcontainer geschmissen.
Nun suchten wir sein Fahrrad, aber das war irgendwie verschwindibus. Was uns nun verwunderte war, dass der Junge lachte. Unter dem unsäglichen Dreck, der mittlerweile durch seine Umarmung auch an mir klebte, blitzen seine weißen Zähne und er erzählte uns eine schier unglaubliche Geschichte:

Als neunjähriger Junge schwamm er im nahegelegenen Fluss und wurde von einem kleinen Mann überholt. Der Junge fragte den nur etwa ca. 10 Zentimeter kleinen Mann wie er es denn schafft ihn zu überholen. Dieser fragt ihn wiederum, warum er ihn überhaupt sehen könne. Normalerweise könnten nur ganz kleine Kinder ihn erblicken und er bat den Jungen auf seinem Nachhauseweg mal bei ihm zu Hause vorbeizukommen, um zu ergründen warum er ihn eigentlich sah. Er solle nur auf die Schaufenster der Läden achten an den er vorbei kam. Mehr sagte er nicht. Dann tauchte er ab und weg war er. Der Junge ging los und sah sich wie ihm geheißen auf dem Nachhauseweg die Schaufenster der Läden an. Irgendwie glaubte er mittlerweile geträumt zu haben, als er auf dem Rückweg in die Schaufenster der Läden sah und sich nichts tat. Bis er zu einem Laden für Kinderspielzeug vorbeikam. In dem Schaufenster drehte sich ein Riesenrad und direkt nebendran waren auch eine Schaukel und Karussel´s zu sehen.
Darauf tummelten sich viele kleine Männchen, Frauen und Kinder so dass es ein Genuss war, ihnen zuzuschauen. Voller Erwartung ging er in den Laden

hinein. Sie sprachen miteinander, konnten aber nicht die Bohne ergründen warum er die kleinen Menschen sehen konnte. Normalerweise, so sagten sie, könnten nur kleine Kinder sie sehen.

So etwa bis 4 Jahre, danach würde der Zauber nachlassen. Aber egal, er freundete sich mit ihnen an und besuchte sie jeden Tag mit seinem Fahrrad. Eines Tages war er wieder im Laden, da warf irgend so ein Unhold eine Wacker (Stein) durch die Scheibe, stahl das Riesenrad samt den kleinen Menschen und steckte sie in einen großen Sack.

Der Junge rannte hinterher und warf sein Fahrrad auf den Dieb, der sofort den Sack fallen lies. Sein Fahrrad war kaputt aber die kleinen Menschen waren wohlauf. Er bekam von den kleinen Menschen ein neues Fahrrad und sie sagten ihm, immer wenn er in Gefahr käme würden sie ihm helfen. Kurze Zeit später aber konnte er sie nicht mehr sehen. So sehr er sich auch anstrengte, im Schaufenster war es ruhig geworden und auch das Karussell drehte sich nicht mehr.

Nun, wo er im Müllwagen gefangen war, erschien der kleine Mann den er damals beim Schwimmen getroffen hatte. Er sagte, er brauche keine Angst zu haben und müsse auch nicht sterben. Er solle genau jetzt gegen die Wand des Müllwagens schlagen und laut um Hilfe rufen. Es komme jemand aus einem fernen Land der ihn rettet und seiner Zukunft eine neue Bestimmung gibt. GENAU JETZT. Dann war der kleine Mann verschwunden. Na und den Rest kennt ihr ja selber.

Zur selben Zeit in old England…………..

Kapitel 5,5

Zu Hause beim Ehepaar Browning war die Hölle los.
Die Presse war angerückt, BBC hat alles für eine
Liveübertragung in Stellung gebracht,der Direktor des
Britischen Museums war gekommen und der
Bürgermeister von Sandaypark scharrte schon mit den
Füßen, auf dass das Riesenevent endlich losgehen sollte.
Das Bauunternehmen Cavendish hatte im Vorfeld die
zwei Grabstätten rundherum mit einem Bagger
ausgehoben, sodass nur die obere Erdschicht der
auszugrabenden Sphinx bedeckt war und man nicht
erkennen konnte was sich darunter verbarg.

Nun kamen die Senioren der Altersheime in Spiel, die
aus Dankbarkeit der Familie Browning nun die Ehre
hatten, die letzte Erdschicht mit einem Gebläse und
Besen zu entfernen. Der Startschuss dazu kam von
Sharif Anubis, dem Kultusminister aus Ägypten der
extra aus Kairo angereist war.

Ganz Piano (schneller ging´s ja auch bei den Senioren
sowieso nicht) legten sie die geteilte Sphinx aus Theben
frei. Cavendish selber brachte die zwei Teile mit seinem
Bagger in die Senkrechte und stellte sie direkt
nebeneinander. Es war sensationell anzuschauen wie die
zerbrochene Sphinx aus dem Nil auf die Leute wirkte.
Ihre Aura überkam die Ausgrabungsrunde, sodass man
Minutenlang keinen Laut hörte und alle kamen aus dem
Staunen nicht mehr raus. Beifall rauschte auf die Sphinx

hernieder und es schien als würde sie der Schlag treffen. War doch das rechte Teil mit einem lauten schmatz wieder umgefallen.

Das Ehepaar Browning war ganz gerührt und bat bei der Skulptur um Vergebung im Namen ihrer Familie. Der Kulturminister Sharif Anubis
nahm die Entschuldigung an und lud die Familie samt Bürgermeister, alle Senioren und auch den Bauunternehmer Cavendish ohne Bagger nach Ägypten ein, wo die Sphinx in Theben wieder in den Nil gelassen werden sollte. Na was soll ich sagen, naturalemente sagten alle zu.

Kapitel 6

Zurück in Indien.

Der Junge war Vollwaise und wurde von allen nur Avanchaniya genannt, was übersetzt unerwünschtes Kind bedeutet.
Irgendwie fanden wir alle, dass das kein schöner Name war und unser „Earl of Dartmoor" taufte ihn Anando, was der glückliche bedeutet.
Er war ja auch ein glücklicher, er war gerade dem Tode entronnen und hatte uns gefunden. Wir nahmen Anando, wie er jetzt hieß in unseren Reihen auf, und irgendwie war es ja auch eine Art eine Vorsehung.

Alle waren begeistert wir schleusten Anando durch die Hintertüre unseres Hotels und ab ging´s unter die Dusche, ich gleich mit. Wir mussten extra eine XXL-Packung Riechegut kaufen um den furchtbaren Gestank vom Müllauto zu vertreiben.

Am nächsten Tag zeigte Anando uns nun seine Stadt wie nur er sie kennt. Wir sagten ihm unterwegs warum wir in Nagpur waren und ob er uns helfen könne den Schatz zu finden. Er sagte sofort zu, war er ja jetzt einer von uns.

Anando sagte uns, dass er eine tolle Pension für uns habe und so zogen wir mit Sack und Pack um in die Pension Eschnapur.

Diese lag in einer Straße die voll mit viktorianischen Bauten war und wir fühlten uns, wie ins letzte Jahrhundert zurückversetzt. Direkt Im Erdgeschoss neben der Pansion Eschnapur befand sich (passender weise) die Bar „Tiger".

Wir gingen die Eingangstüre herein und standen an der Rezeption. Dort war ein großes Schild auf dem stand: Bleib cool, komm erst mal an, begeb dich rüber nach nebenan. Wir schauten uns um und sahen ein Hinweisschild „Reception 2 in Bar Tiger". Daneben ein Poster von Mahadma Ghandi worauf stand: Mahatma Glück, Mahatma Pech.

Ergo gesellten wir uns in die Bar wo hinter der Theke der Besitzer Krishna-Hari in seiner Hängematte ein kleines Nickerchen machte.

Ein kleines Hello und schon war er auf 220 Volt. Ein irrer Typ. Er hatte, wie Ben-Johnson, rotes Haar zu einem Zopf gebunden, eine wahnsinns Zinkennase und eine zweigeteilte Nickelbrille von John Lennon durch die er hindurchlugte und uns zuzwinkerte. Man kann getrost sagen: Beim Krishna-Hari hat das Alter seine Linien gezogen ohne was zu verwüsten. Krishna-Hari schlug seinen orangenen Schal um den dürren Hals und sagte: Na Mädels, jetzt trinken wir erst mal einen auf eure Ankunft. Er shakerte uns einen Eschnapursling der Extraklasse (gerührt, nicht geschüttelt) und deutete auf unseren mitgebrachten Apfelweincontainer und fragte, was denn dass sei. Er konnte nix mit der Aufschrift „Frankfurter Apfelwein - was kann denn schöner sein", anfangen. Ich erklärte ihm, dass im Container das Nationalgetränk von Frankfurt sei und er doch mal probieren solle.

Das taten wir dann auch und Krishna-Hari trommelte uns einen Karibischen Bananabootsong auf seinen Steelbandfässern (wahrscheinlich die einzigen in Indien) die überall in der Tigerbar rumstanden und wir versuchten auch musikalisch mitzuhalten. Das machte irren Spaß, da Haeddy noch seinen Dudelsack rausholte und ein neuer Musikstil gegründet wurde, nämlich den „Indian Steelsack".

Na, was soll ich sagen, nach guten drei Stunden an der Bar mit Slings und Äppler bezogen wir unsere Zimmer. Wir wohnten nun im 3. Stock, ei derweil unter uns schon jemand anderes wohnte. Als ich auf meinem Zimmer den Balkon betrat dachte ich: Du musst mit dem trinken aufhören. Und das hatte seinen Grund. Genau unter meinem Fenster ging ein Zebrastreifen über die Straße von unserem Gehweg vorm Hotel bis…………..man glaubt es nicht, direkt an ein Gebüsch gegenüber wo sich überhaupt kein Gehsteig befand……

Man konnte also nirgendswohin auf dem Zebrastreifen gehen. Nur zurück halt. Aber egal. Nachdem wir den

irren Zebrastreifen ins Nirgendwo bestaunt hatten, gingen wir dann noch alle zum kleinen Absackerchen in die Rezeption 2 und slingten uns noch eins oder zwei rein. Dabei fragten wir dann auch bei Krishna-Hari nach, aber auch der wusste nicht warum die Straßenmeisterei das gemacht hatte. Na, ja Indien halt. Den Sonnenuntergang erlebten wir zwar nicht mehr aber dafür den Sonnenaufgang am nächsten Morgen. Der Earl von Dartmoor, also unser Bob, wollte darauf gleich mal einen scotchen, das wurde aber von der Mehrheit auf später vertagt, wollten wir doch jetzt erst mal in den Stadtpark.

Dieser hatte sich natürlich nach den vielen Jahren stark verändert. Jetzt kam alles auf Edward Snowden an und auf seine lichten Momente. Wir suchten uns erst mal einen schattiges Plätzchen und gaben Edward eine Extra Ration Äppler zu trinken. So nach dem 5. oder 6. Glas waren wir alle guter Dinge und es funkelte in seinen Augen und Edward marschierte los, wir im Gänsemarsch hinterher. Er machte vor einem riesigen Affenbrotbaum halt, neben dem eine Mauer aufhörte und eine Bank stand. Zwischen der Bank und der Mauer habe er den Schatz vergraben. Das wusste er jetzt ganz genau.

So etwa eineinhalb Meter tief müsse man schon graben, sagte Edward. Der Hit war, dass wir immer noch nicht wussten, was den das für ein Schatz war. Das hatte Edward trotz dem tollsten Äppler nicht mehr hervorkramen können, aber sehr wertvoll war er, das wusste er.

Nun hatten wir ein Problem. Der riesige Brotbaum hatte im Laufe der Jahre seine Wurzeln über den vermeintlichen Schatz gelegt und die Wurzelstränge waren bis zu einem halben Meter dick. Erschwerend kam dazu,dass der Park jetzt unter Naturschutz gestellt wurde und eine Art Wärterhäuschen, in dem die Gärtner wohnten die höllisch aufpassten, in unmittelbarer Nähe stand. Was tun sprach Zeus…………..

Was für ein Glück dass wir jetzt Anando hatten. Er hatte die zündende Idee dass wir uns als Archäologen ausgeben sollten. Er wusste dass schon mal ein Skelett eines kleinen Dinos hier ausgebuddelt worden war. Da standen wir also Haeddy, Ben-Johnson, ich, der „Earl of Dartmoor, Edward Snowden und Anando und man konnte es uns ansehen …. es brodelte unter der Schädeldecke.

Ben-Johnson pfiff durch seine Zahnlücke und sagte: well, ich habs.

Wir stellen uns selber die Erlaubnis aus hier graben zu dürfen und rücken mit dem ganzen Grabungsequipment an und sperren mit einem Sichtschutz alles ab. Das würden die Gärtner bestimmt akzeptieren, so sein Plan. Anando und der Earl organisierten alles und Haeddy fälschte schon mal die Erlaubnis samt Amtssiegel. So vergingen die nächsten Tage und wir gingen am letzten Abend bevor wir die Aktion starten wollte durch eine alte britisch geprägte Straße wo sich auch viele victorianische Häuser befanden. Edward Snowden bekam wieder mal seinen Rappel und hielt vor einem Haus das genau wie da aussah wo seine Angebetete lebte. Seine geliebte Diana aus Sherborne. Er schrie wieder sein I Love You- I Love You hoch zu dem Balkon und man glaubte es kaum………

Da kam eine Frau heraus und schaute auf Edward. Das es eine Inderin war störte Edward scheinbar nicht und er himmelte sie an, worauf sie hinunter zu uns kam. Sie war geistig etwas sagen wir mal „hängengeblieben" und irgendwie verstanden sich die Beiden auf Anhieb. Jetzt eine Runde Äppler für alle, dachte ich mir insgeheim, sagte aber nichts. Die Frau war hin und weg und nahm Edward mit zu sich herauf. Was sollten wir nun machen? Wir beratschlagten und kamen zu der Auffassung ihm diese Nacht zu gönnen. Am nächsten Morgen dann rückten wir mit dem Lkw und dem Grabequipment bei dem Haus an um Edward abzuholen. Wir brauchten Ihn ja um den genauen Standort zu lokalisieren. Wir klingelten also. Wie sich herausstellte war es ein Heim für Demenzkranke und sagen wir mal geistig nicht so aktive Menschen. Wie wir später erfuhren stand die soziale Institution finanziell vor dem aus, dem wollten wir dann auch Abhilfe schaffen. Aus dem schönen victorianischen Herrenhaus kam so eine Art Oberin-Mutter mit büschelweise Haare auf den Zähnen, welche uns strikt den Einlass verwährte. Dummerweise musste unser Earl dann auch noch seinen üblichen Spruch bei Oberin-Mutter loslassen: Dein Gesicht ist wie die Sonne - man darf nicht reingucken. Danach war´s ganz aus. Was also tun? Wir riefen lauthals Edward, Edward. Es tat sich nix. Dann rief ich hello Edward, hello Diana. Das wirkte. Verliebt umarmt kamen sie auf den Balkon und irgendwie hatten wir das Gefühl, dass die beiden uns eine Audienz gewährten. Wie ein Königspaar, so irgendwie halt.

Haeddy begriff die Situation als erster und sagte: Bitte begleitet uns in den Park, wir machen ein paar schöne Fotos von euch beiden. Das kam super an und sie kamen flugs runter und gingen stolz an der Mutter-Oberin vorbei. Edward hatte einen weißen Anzug an (Gott weis wo er den her hatte) und „Diana" trug ein orangefarbenes Brautkleid. Eine wahnsinns Erscheinung welche die beiden vor dem ehrwürdigen viktorianischem Haus abgaben.
Ich dachte so für mich, wir ständen alle in einer Straße irgendwo in old England.
Edward und seine „Diana" die in Wirklichkeit Mani hieß (was in Indien Juwel bedeutet) setzten sich mit ihrem tollem Outfit in unseren klapprigen Lkw, was sie überhaupt nicht störte und wir fuhren los. Im Stadtpark angekommen dann die totale Ernüchterung. Genau an der Stelle wo wir graben wollten war das Gelände abgesperrt. Wir guckten uns verdattert an und wussten nicht was wir machen sollten: Anando fasste sich als erster und ging los um zu fragen warum denn hier abgesperrt war. Es war die Stadtverwaltung die in unmittelbarer Nähe unseres Baumes eine defekte Wasserleitung reparieren wollte. Da muss ich erst mal

einen Äppler drauf trinken sagte ich und holte den Kanister raus. Ich gab allen ein Geripptes in die Hand und so sahen wir in aller Ruhe zu wie die Stadtangestellte anfingen zu buddeln. Nach dem dritten Äppler fragte mich dann Edward, wer die tolle Frau im orangefarbenen Hochzeitskleid wäre. Ich sagte, dass sie total verrückt nach ihm sei und ich ihr versprochen hätte sie mit ihm bekannt zu machen.

Ich glaub sie heißt Diana oder Mani, aber so genau weiß ich es nicht. Am besten du fragst sie gleich mal selber. Das tat Edward dann auch und nach dem vierten Äppler waren sie dann wieder in ihrer Welt……

Bevor ich die Geschehnisse im Park weiter beschreibe, muss ich nun aber kurz unterbrechen, da Haeddy einen Anruf von seinem Manager der Teeplantage in Sri Lanka erhalten hatte.

Kapitel 7

Haeddy hatte eine Teeplantage im Hochland von Sri Lanka.

Sie hieß Sherbywoods und lag in der Nähe von Kandy bei Nuwara Elia

(gesprochen Nuwelia, iss einfacher). Es gab irgendwelche Probleme mit der Exportverwaltung in Colombo und so flogen Haeddy und ich nach Sri Lanka, was ja an und für sich von Indien nur ein Katzensprung ist.

In Colombo angekommen mieteten wir uns einen Landrover und düsten los. Was für ein Gewusel, ein Verkehr wie in Kairo und Istanbul zusammen nur mit noch ein Paar Elefanten dazu. Blinde laufen dir vor den Kühler, verdreckte Bettler lassen dich nicht ohne Wegezoll weiterfahren. Zahnlose Händler wollen dir mit aller Gewalt ihre Ananas aufdrängen brrrrrrrr....... Nix wie raus hier.

Wir fuhren dann durch den Dschungel und trafen sogar frei lebende Elefanten unterwegs, die uns argwöhnisch beäugten. Als wir im Hochland der Teewälder die Serpentinen hochfuhren sahen wir schon von der Ferne einen umgekippten Reisebus in den Teesträuchern liegen. Aus dem Seitenfenstern des Busses kletterten grad mehrere Personen raus. Beim näher kommen kamen uns winkend zwei Touris entgegen. Wie sich rausstellte war in dem Bus eine Leipziger Reisegruppe und der Fahrer hatte die Mauer zur Teeplantage durchbrochen weil die Bremsen am Ar… waren. Der Fahrer blutete ein bisschen am Kopf aber nix wildes. Allen anderen war außer dem Schreck Gottseidank nix passiert. Andreas und Jürgen, ein waschechtes Leipziger Schwulenpärchen, erzählten uns alles haarklein was passiert war, natürlich auf schönstem sächsisch. Das war schon voll abgefahren. Im hintersten Hochland von Sri Lanka einen Reisebus mit der Aufschrift Wandergruppe „Leipziger Allerlei - wir sind überall dabei " auf der Seite liegend davor die illustre Wanderergruppe Leipzig-Süd und vor dem umgekippten Bus ein gutgelauntes Schwulenpärchen das im tiefsten sächsich uns einen Brotschnaps Extraedition „Rustikal"aus der ihrer Heimat anboten… schon irre was?

Nachdem wir den Busfahrer ne Binde verpasst hatten, leerten wir erst mal mit den „Leipziger Allerleien" die

Flasche Brotschnaps und Haeddy rief in seiner Plantage an und ein großer Laster holte uns ab. Gut gelaunt saßen wir alle Mann (und Frau) auf der Ladefläche des Lkw und die Wandergruppe „ Leipziger Allerlei" sang schöne Lieder aus der Heimat.

Auf der Teeplantage angekommen, kamen wir aus dem staunen gar nicht mehr heraus. Zentraler Punkt war ein großes Herrenhaus im viktorianischen Stil und wir glaubten uns alle in old England. Wir befanden uns auf 900 Metern Höhe und es ging zum Abend zu. Es war nun schon etwas kühl und wir verschwanden im Haus und versammelten uns am offenen Kamin, der schon munter dahin kokelte. Haeddy sagte, es gebe genügend Betten und freute sich tierisch, dass endlich etwas los war in dem ehrwürdigen Gemäuer seiner Teeplantage.

Logischerweise rotierte das gesamte Personal bei 20 zusätzlichen Gästen. Vor dem Kamin stand ein Snooker-Billiardtisch und wir machten ein Spielchen Frankfurt gegen Leipzig. Leider hatte keiner eine Ahnung wie Snooker funktioniert und das indische Personal schüttelte nur die Köpfe. Aber egal, Hauptsache es hat Spaß gemacht. Als Haeddy von seinem Rundgang erschien sagte er: nach dem Dinner machen wir eine Besichtigungstour und ich zeige euch alles rund um meine Teeplantage. Das taten wir denn auch. Allen voran Andreas und Jürgen die etwas verpacktes geheimnisvoll in den Händen hielten.
Wir waren nun auf unserem Rundgang beim fermentieren des Tees angekommen und Haeddy erklärte wie das so funktioniert. Jetzt holten Andreas und Jürgen ihre Pakete hervor und präsentierten beide, man glaubt es kaum einen………....Dresdner Christstollen.

Die Beiden schnitten ihn in Scheiben und verköstigten uns mit dem köstlichen Kuchen. Haeddy lies sich naturalemente nicht Lumpen und gab ne Runde Tee dazu aus. Das war schon toll. Wir standen alle oben auf einer 5 Meter hohen Brüstung und sahen auf die rustikale Fermentieranlage, als Jürgen der zweite Stollen aus den Händen glitt und mitten in den fermentierten Tee fiel.

Haeddy sagte: kein Problem und fegte den Stollen samt dem verunreinigten Tee in eine Ecke .
Wir waren nun alle saumüd und gingen in die Falle. Am nächsten morgen dann nach dem Frühstück kam ein Inder angerannt und teilte Haeddy ganz aufgeregt mit, dass etwas in der Fermentierabteilung passiert sei. Wir alle, natürlich neugierig, gingen alle mit um zu sehen was denn da los war. Wir kamen in die Fermentierhalle und es streifte ein wohlbekannter Duft in unsere Nasen. Es war genau der Duft eines frisch gebackenen Dresdner Christstollens, unheimlich intensiv mit einer Teenote so dass jeder von uns direkt an den 5- Uhrtee dachte.
Der Inder fragte was er den jetzt machen solle. Alles wegschmeißen? Hmm. Haeddy überlegte. Da meldete sich Andreas und machte den Vorschlag anstatt alles wegzuwerfen, kehrt doch alles auf einen Haufen und mixt das Zeug durcheinander und schaut mal obs ne neue Teesorte wird. Es roch wirklich köstlich in der Halle und Haeddy fand den Vorschlag zu unserer aller Verwunderung gut und so lies er alles vermischen. Da die Fermentierung fast abgeschlossen war, lies er den Tee am nächsten Morgen gleich trocknen und wir durften am übernächsten Tag alle den Tee Punkt 5 in der Halle vorm Kamin verköstigen. Und was soll ich sagen… er schmeckte sensationell. Aus purem Zufall war eine neue Teesorte entstanden und wir feierten

daraufhin am Abend ein tolles Teefest. Beim dritten Arrak sagte Haeddy: jetzt müssen wir nur noch einen neuen Namen finden. Am besten noch heute, da euer neuer Bus euch morgen früh abholt. Außerdem brauche ich die Adresse von dem Christstollenbäcker. Na, dass waren in diesem Fall Andreas und Jürgen, selbst gelernte Bäcker.

Jürgen, ein gemütlicher Typ so um die sechzig mit wohlbeleibtem Bauch den so leicht nix aus der Ruhe bringen kann und Andreas ein drahtiger Schlacks so um die paarundfünfzig erklärten sich kurzerhand bereit einfach da zu bleiben und den hiesigen Hausbäcker in die Geheimnisse des Dresdner Christsollenbackens einzuweihen. Egal wie lang das dauert.
Das freute Haeddy superschwer und lud die beiden ein, bei bester Bezahlung versteht sich, auf der Plantage zu bleiben. Er wolle auch auf der Verpackung ihre Namen erwähnen und auch die Geschichte wie es zu dem supertollen Tee mit dem irren Aroma kam. Nun hatten wir nur noch den Namen zu klären. Die gesamte Reisegruppe diskutierte bis in die Nacht hinein und heraus kam… Drelanka Blend.
Dre für Dresden, Lanka logischer weise fur Sri Lanka und Blend für Mischung. Die zweite Version war Christmas Tea, die dann auch genommen wurde. Klingt halt besser. Am nächsten Morgen dann verabschiedete sich die ganze Leipziger-Allerleigruppe und jeder bekam noch ne Geschenkpackung Tee mit auf den Weg. Andreas und Jürgen blieben aber noch für Monate in Nuwara Elia auf der Plantage und wirbelten, dass es eine Freude war.
Später werden wir noch einiges über die zwei hören. Für Headdy und mich aber hieß es nun auch Abschied

nehmen und wir flogen wieder nach Indien zurück,
wollten wir doch bei der Ausgrabung mit dabei sein.

Kapitel 8

Haeddy und ich waren jetzt wieder „vor Ort" in Nagpur
bei Krishna Hari in unserem skurrilem Hotel
Eschnapur. Am nächsten Morgen machte ich die
Fensterläden auf und war bester Dinge. Ich genoss die
Sonnenstrahlen und reckte meine Hände in die Luft. Da
kam ein grauer Eisvogel angezischt und setzt sich doch
direkt auf meinen Linken Arm und guckte mich an.
Logischerweise hatte ich so was noch nie erlebt und war
ziemlich geflasht. Der freche Vogel flog in mein
Zimmer, in dem das Aquarium vom Krishna Hari stand,
setzte sich auf den Rand und beäugte die Goldfische, die
so drin rumschwammen.
Danach schnappte er sich einen und schwupps, weg war
er wieder. Na, ich staunte nicht schlecht und machte mir
erst mal was zum Frühstück. Ein schönes Nutellabrot.
Grad wo ich zwei Bissen zu mir genommen hatte, kam
der Eisvogel zurück, setzte sich auf meine Hand und
schlabberte in meinem Nutella-Aufstrich rum. Dabei
hatte er sichtlich Probleme die Creme zu inhalieren und
leckte sich den Schnabel ab. Aber es schien ihm zu
schmecken. Und schon war er wieder weg. Ich ging
schnell runter zum Krishna Hari und erzählte ihm die
Sache. Er sagte, der Eisvogel heiße Lüfter und gehöre
zum Haus. Krishna Hari erklärte mir, dass auf dem

Hoteldach eine grüne Oase mit Wasserbecken sei und da habe er die Eltern von Lüfter tot gefunden, das Ei genommen und auf den Lüfter seines PC gelegt. Na, dann isser halt geschlüpft und hatte tierischen Hunger. Alle im Haus haben ihn damals aufgezogen und jetzt holt er sich ab und an einen Goldfisch aus dem Aquarium. Aha.

Na, am nächsten Morgen kam Lüfter wieder angeflogen und nuschelte an meinem Nutellabrot rum. Bekam aber kaum was in seinen Schnabel und guckte mich fragend an. Da kam mir die Idee einen Goldfisch aus dem Becken zu holen und ihn in das Nutellaglas zu schmeißen. Gedacht-getan. Nachdem der Goldfisch im Nutellaglas rumgezappelt iss, nahm ich ihn wieder raus und gab Lüfter den Nutellafisch als Imbiss.

Das hatte jetzt zur folge, dass Lüfter immer Morgens angeflogen kam, sich einen Fisch aus dem Becken angelt und ihn mir vor die Füße schmeisst. So nach dem Motto: mach mir den Nutellafisch...

Es verging noch eine knappe Woche bei dem na sagen wir mal „atemberaubenden Tempo" der Stadtwerker bis das Gelände im Park wieder geräumt war. Jetzt machten wir uns alle auf: Ben-Johnson, der Earl, Anando, Headdy und ich. Auf dem Weg in den Park kamen wir an einer Bushaltestelle vorbei. Auf einmal war ein riesiges Getümmel im Gange, alles schrie und lief wie verrückt von der Haltestelle weg. Dann kamen die Leute zurück, mit Stöcken und Knüppel bewaffnet schlugen sie auf eine Giftschlange ein, die sich´s unter der Wartebank gemütlich gemacht hatte. Die Frauen und Männer droschen auf die Schlange ein, so nach dem Motto: wir hauen auf die Klapperschlang bis ihre Klapper schlapper klang. Die war dann auch schwer schlapper und dann kam auch schon der 78er Bus.

Wir wurden nun bei den Gärtnern vorstellig und erklärten ihnen, dass wir nun archäologische Grabungen machen wollten. Diese aber zeigten uns ein Dokument worin stand, dass die archäologischen Grabungen beendet seien und nur von oberster Staatlicher Stelle neu genehmigt werden durften. Puhh, das war´s dann wohl. Wir fuhren enttäuscht mit unserem klapprigen Lkw samt Grabungsgerödel zurück. Da wir momentan keinen Plan hatten was zu tun ist packte sich Bob, unser Earl of Dartmoor, seinen Lenkdrachen den er immer mit sich hatte um der Langeweile zu entgehen, wie er immer sagte. Er flog von einem Abhang des Parkgeländes los und nach einer Weile zischte er auf einen riesigen Affenbrotbaum zu, wo sich gefühlt etwa 1 Million Krähen verschanzt hatten. Nachdem er die Ausmaße des Baumes unterschätzt hatte, landete unser Earl of Dartmoor mitten in der Krähenkolonie, woraufhin diese ihn in übelster weise zuschissen. Mit großem Geschrei machte er sich in 5 Metern Höhe bemerkbar und hatte Glück, dass ein Schweizer Touri, der mit seinem Wohnmobil unterwegs war, seine Unmutsrufe vernahm.

Der Schweizer fuhr mit dem Wohnmobil unter unseren Earl, woraufhin sich dieser fallen ließ. Das ging gut, jedenfalls für den Earl. Der Schweizer war aber nun stinkesauer, eiderweil nun eine riesige Delle in seinem schönen Dach war. Außerdem war jetzt auch noch sein ganzes Wohnmobil übelst vollgeschissen. Was sollte denn jetzt Bob machen? Er nahm erst mal den Schweizer in unsere Pension mit und lud ihn in die Bar bei Krishna-Hari zu ein paar Eschnapurslings ein. Nachdem auch wir uns dazugesellt hatten, gab´s dann auch noch den einen oder anderen Äppler und wir pfiffen unter musikalischen Begleitung von Krisna-Hari alle zusammen zu später Stunde den River Quaimarsch, der übrigens genau hier von einem britischen Soldaten komponiert wurde. Als Wiedergutmachung bot Bob dem Schweizer an, ihn einmal als Sozius auf seinem Lenkdrachen mitzunehmen. Das wollten die zwei auch gleich am nächsten Tag umsetzen, aber erst mal ging der Schweizer zum schlafen in sein Wohnmobil, so nach dem Motto „im Wohnwagen das wohnen wagen".

Da nun der alte Drachen total am Ar… war, bastelten sich die Schweizer-Dartmoorcombo aus Bambus ein seltsam aussehendes Doppelgespann und tauften es Bürli-Dragon One. Der Schweizer hieß nämlich Anton Bürli und nun war auch die Delle in seinem Wohnmobil und der Vogeldreck vergessen. Geschissen drauf, sozusagen. Die beiden gingen oberhalb des Stadtparks von Nagpur auf eine Anhöhe und starteten. Tausende von Indern starrten auf das fliegende Bambusmobil mit dem die Beiden skurrillen Typen abhoben. Bob, der Earl als „Masterpilot" hatte seine Pilotenmütze mit einer Grubenlampe drauf und seine Oldtimerbrille aufgesetzt und trug sein T-Shirt mit nem Unionjack drauf, der Schweizer hing vor seinem Bauch und trug das landestypische Kreuz auf seinem Pullover. Sie starteten gut und es ging mit frischen Winden in ungeahnte Höhen wo diverse „Turbulenzien" bereits auf sie warteten…..

Kurz nach einem ungewollten Doppellooping „landete" das Gefährt mitten in einer größeren Hochzeitsgesellschaft, direkt neben dem Brautpaar. Dabei tuschierte eine Tragfläche die riesige Hochzeitstorte „en passant" sozusagen, die sich nun wie das Himalayagebirge auftürmte. Zu alldem Ungemach schwenkte der Schweizer dabei auch noch voller stolz sein Landesfähnchen….

Alle waren überrascht, was das ganze zu bedeuten hatte, aber unser Earl war die Ruhe selbst. Mit britischem Charme pflückte er eine umhergrasende Blume und schenkte sie der Braut mit den Worten: wir sahen vom

Himmel ein so schönes Brautpaar und wir wollten es um nicht alles auf der Welt versäumen unsere besten Glückwünsche zu überbringen. Dabei gab er dem Schweizer einen Tritt an sein Schienbein damit der auch begriff. Bürli Anton pflückte artig auch ein Blümlein und überbrachte seinen alpinen Hochzeitsgruß, dabei formte er auf die Hochzeitstorte noch das Matterhorn, worauf er sein Fähnchen setzte. Das machte mächtig Eindruck und die beiden wurden in die Hochzeitsgesellschaft aufgenommen. Als Himmlische Fügung quasi. Der Zufall wollte es und der Vater der Braut war der Boss der hiesigen Stadtparkverwaltung in Nagpur. Woaaw, was für ein Hammer.

Wenn da mal nicht die kleinen Männchen die Finger im Spiel hatten, wer weiß…

Auf jeden Fall stellte sich heraus, dass der Brautvater ganz heiß war auch mal mit nem Lenkdrachen zu fliegen. Und wie konnte es anders sein, am nächsten Tag bastelte der Earl wieder einen neuen Bambusvogel. Alles war bereit für die Aktion „Luftsprung".

Nach ein paar Rundflügen brachte der Earl den Boss der Stadtparkverwaltung dann zu uns in die Pension zum Krisna-Hari. Wir machten einen neuen Kanister Äppelwoi auf, den er sichtlich genoss. Wir beschlossen nun ihn einzuweihen und sagten ihm einen Anteil für die Erhaltung des Stadtparks zu, denn deren Etat tendierte so gegen Null. Der Brautvater (sein Name kann keine Sau aussprechen, deshalb einfach nur Brautvater, sorry) gab sein ok, und sagte er gebe uns den Termin in Kürze, wolle aber selber Hand mit anlegen.

Da jetzt ein längerer Abschnitt folgt, unterteile ich nun im Interesse des Lesers den Text mit dem.............

Unterkapitel 9 a

Der Teufel will´s und wir feierten am Abend Ben-Johnsons 81. Geburtstag. Logischerweise in der Tigerbar und luden gleich den Brautvater mit ein. Der Abend begann und es sollte ein wahnsinnsgeiler Abend werden. Alle waren da: Der Earl und sein Schweizer Flugchampion, Haeddy und ich, Edward Snowden und seine „Diana" außerdem circa 15 Pensionsgäste, Arnando, Krishna-Hari und natürlich die Hauptperson Ben-Johnson. Gott sei Dank kam noch am Nachmittag eine neue Lieferung mit 10 Kanistern Äppler an, unsern letzten hatten wir am Abend zuvor ausgetrunken. Von der Breakfest- und Imbissworld nebenan beim Turban-Sikh (so nannten wir ihn, weil er als Sikh immer einen Turban aufhatte und es wie beim Brautvater sauschwer bis unmöglich war seinen Namen auszusprechen) hatten wir ausreichend Snacks bestellt, zu trinken hatten wir ja und die Musik, ja das war das eigentliche Event.
Nun wollten wir zu Ben-Johnsons Geburtstag Ja nicht mit leeren Händen dastehen und suchten ein adäquates Geschenk.
Der Earl sagte, dass Ben auf Oldtimer Motorräder steht und er hätte auch schon welche unterwegs gesehen. Da könnte man doch mal eins für unsere Aufenthaltsdauer mieten. Gesagt getan.
Wir fuhren alle Mann zur Motorradschmiede Shangri-la. Nagpurs Schrauberdestination ist ja weltberühmt für ihren Zweicylinder -3- Taktmotor mit Unterfloor-Turboinjection.

Als wir bei Shangri-la ankamen staunten wir nicht schlecht. Der Eingang zu der kleinen Motorradfabrik war eine Doppelgarage.

Die hatte Ernesto Shangri-la originalgetreu nach dem Vorbild der Garage von Steve Jobs in Silicon Valley erbauen lassen, und zwar von dem weltberühmten Doppelgaragenbauer von Silicon Valley Yeronimo Bull-Shit. Hierzu muss ich unbedingt die kleine Anekdote einbringen, wie Yeronimo Bull-Shit zu seinem Nachnamen kam. Als Yeronimo Bull seine 1321. Doppelgarage hochgezogen hatte, heiratete er die überaus aparte drei-Zentner Frau Graziella, die ihn durch ihre Gefräßigkeit und die Unmengen an bei Armandi geshoppten maßgeschneiderten Designerklamotten den Ruin brachte. Das sah er als großer Fehler an, lies sich scheiden und nannte sich deshalb in Bull-Shit um. Eigentlich nix ungewöhnliches wenn man bedenkt, das auch in jüngster Zeit so ähnliche Namensgebungen stattfinden, man denke da nur mal an Conchita Wurst.......…

Na ja, Yeronimo war nicht nur ein verzahnter Nachkomme von Sitting Bull, nein er hatte auch damals den genialen Einfall, in jede Doppelgarage ein Oberlicht einzubauen damit der Sonnenstrahl dem Genie die Erleuchtung brachte. Das wirkte auch bei Steve Jobs. Als der im Lichtstrahl sein neues Handy in der Hand hielt, bildete sich durch die Lichtbrechung im Oberlicht auf dem Display eine ovale Form ab, woraufhin Steve nur..ei sagte. Na, mehr brauche ich ja wohl nicht zu erklären.... Auch muss man dazusagen, dass Yeronimo die Idee mit der Doppelgarage na, sagen wir mal von seinem Stammesurahn der Lakota „entliehen" hatte. Der Lakotaindianer hieß Schlanker Fuß (geborener Bull) und war seinerzeit auch ein genialer Erfinder. Er entwarf schon vor der legendären Schlacht mit General

Custer den Doppelwigwam, den er dann auch mittels Franchise-Lizenz an andere Indianerstämme wie z.B. die Schoschonen weitergab (deshalb auch der Spruch: „wo die Schoschonen so schön wohnen"). Die Doppelwigwams von Schlanker Fuß waren sehr beliebt, hatten sie doch viel Platz und ein Oberlicht wo immer der Sonnenschein viel Helligkeit ins Zelt brachte. Allerdings nur im Sommer. Im Herbst ging´s dann los mit dem Regen und die Rothäute wurden übelst nass. Nun wurden die Indianer leicht unwirsch, woraufhin dann Schlanker Fuß sich den ebensolchen machte. Das war dann auch schon das Aus von den Doppelwigwams um den Trail Sixty-Six (der später von Wells Fargo in die Route 66 umbenannt werden sollte). Der Trail hieß so, weil sich die Stämme, die sich dem Doppelwigwam verschrieben hatten, alle an einer Route von Osten bis zum Westen Amerikas aneinanderreihten. Leider wurden dann die Bewohner der 66 Stämme krank und das rief einen gewissen Ruprecht Fusel auf den Plan, der daraufhin einen Geistesblitz hatte und den Six-Pack erfand. Ruprecht war Apotheker und versorgte die Indianer mit Medizin. Die war mit Alkohol (deshalb heißt übrigens der Fusel Fusel) versetzt, so dass die Rothäute immer gut drauf waren. Da Die Wigwams immer im 6-er Block angeordnet waren, hat er die Fuselflaschen in Six-Packs gefasst. Für jedes Wigwam eins. Einfach genial dieser Ruprecht Fusel.

Übrigens entwarf Schlanker Fuß damals auch schon den Katamaran, der ja bekanntlich auch zwei Rümpfe hat. Das lag allerdings nicht an einem Genialen Gehirn sondern kam daher, dass schlanker Fuß einen Sehfehler hatte und alles doppelt sah. Na,was soll ich sagen, dass mit dem Katamaran hatte sich auch schnell erledigt. Nachdem Häuptling schnelles Wiesel mit dem Gefährt Fahrt aufgenommen hatte, kam auch schon ein

Wasserfall. Leider hatte schnelles Wiesel mit seinem Katamaran schon beachtliche Gischtgeschwindigkeit erreicht und konnte nicht mehr bremsen(einen Anker kannten die Indianer damals noch nicht) und fuhr geradewegs ins naheliegende Nirwarna. Danach wurde der Katamaran als Teufelszeug verdammt und ….einfach vergessen.
Ich glaub, ich schweif aber jetzt doch zu sehr ab. Aber iss ja auch egal jetzt.
Zurück zur Doppelgarage von der Motorrad Manufaktur Shangra-li und unsrem Geburtstagsgeschenk für Ben - Johnson. Wir wollten ja ein Oldtimer-Motorrad mieten. Alle Motorräder waren in einem für uns erbarmungswürdigem Zustand. Wir entschieden uns für eine umgebaute 1936-er Harley. Das heißt, das Einzige echte an dem Teil war der Motor, alles andere war Fake. Aber es sah affengeil aus und passte wegen der rotbraunen Bemalung (von Lackierung kann hier keine Rede sein) zu der Wikingerhaarpracht von Ben-Johnson. Also leasten wir das Ding und fuhren zurück zur Tiger-Bar.

Dort ging es mit einem Geburtstagsständchen in Steelbandart los. Krishna-Hari trommelte ein Happy Birthday, dass es einem den warmen Schauer über die Haut föhnte. Dazu gesellte sich nun Haeddy mit seinem Dudelsack und gab Amazing Grace zum Besten. Danach hatten wir die ganzen Steelbandtrommeln verteilt und wir alle spielten karibische Rythmen die wir tags zuvor alle Mann eingetrommelt hatten. Dann knatterte auch schon Krishna-Hari mit der Harley durch die Bar und blieb vor Ben-Johnson stehen. Dem kamen die Tränen und er Pfiff wie immer durch seine große Zahnlücke vor Begeisterung und tanzte um die Maschine. Herrlich. Nach einigen Geburtstagsrunden war dann richtig Stimmung in der Bude als auf einmal die Türe aufging

und Shila mit ihren Mädels mitmischten. Man muss dazu sagen das Shila und ihre" Indian and the Thai" (Was ist schon dabei?) zum horizontalen Gewerbe gehörten und gern gesehene Stammgäste in der Tiger Bar waren. Es waren so um die 10 Mädels und die klinkten sich nahtlos in des Geschehen mit ein. Es war sogar ein Transvestit mit dabei und der wollte unbedingt beim späteren Karaokesingen „Nights in White Satin" zum Besten geben, warum war uns ein Rätsel, ich sollte aber von ihm noch eine sehr seltsame Geschichte erzählt bekommen. Ihn nannte alle „Early Birdchen" weil er immer so früh aufstand (ihr wisst schon………….
…..der frühe Vogel..).

Man muss dazu sagen, dass es nur in den Abendstunden so richtig was für Early Birdchen zu tun gab. Und so war er nur ein Teilzeit-Transvestit und hatte zum finanziellen Ausgleich ein Büchlein geschrieben.

Es war ein Flirt Sprachführer für die Liebe im Urlaub, den er für etliche Länder der Erde und auch in deren Sprachen verfasst hatte. Wir alle fanden dies höchst interessant und kauften zur Freude von Early Birdchen ihm gleich ein paar ab. Es waren in dem Büchlein schon sehr nützliche Redewendungen über Sitten und landestypische Bräuche drin. Für Italienische, spanische oder andere temperamentvollen Erdenbewohner wie z.b. in der Türkei darf der Satz nicht fehlen: „ nehmen Sie bitte das Messer von meiner Kehle mein Herr, ich wusste nicht dass es Ihre Schwester ist… oder ich würde Sie gerne heiraten, bin aber ein Gegner der Scheidung oder was apartes aus dem englischen...Oh verzeihen Sie Sir, dass ich ohne zu klopfen hereingekommen bin. Als ich meine Frau im Bett sah, dachte ich, es wäre mein Zimmer usw. usw………...
Auch gut die Anmache wenn man z. B. einen Laden betritt: „Glauben Sie an die Liebe auf den ersten Blick

oder soll ich nochmal reinkommen?" mit Sätzen wie:
Ich bin kein Mann für eine Nacht
oder man muss um mich kämpfen reißt die Damenwelt
sofort zu einem Lächeln hin und das Eis ist gebrochen.
Schon super Sachen die da Early Birdchen der
Männerwelt offenbart und damit verdient er sich das
Zubrot, das er zu seiner transerei so braucht. Manch ein
Leser würde sich über die nun doch wirklich
gutgemeinten Tipps beschweren, lebt aber leider nicht
mehr……………

Aber nun wieder zu unserer Geburtstagsfeier.
Early Birdchen sang den Song „ Nights in White Satin"
sehr gut und forderte uns auf doch mitzusingen.
Wir taten ihm den Gefallen und sangen dann alle das
Lied nochmal unter den Klängen von Steelbandfässern
und Dudelsack mit. Was für ein Erlebnis…. So feierten
und tanzten wir die ganze Nacht hindurch und der ein
oder andere (unser Earl wurde bei den Mädels zum
Tiger von Eschnapur..) hatte auch anderweitig seinen
Spaß. Zu später Stunde erzähle mir der „Early
Birdchen" unter doch enormen Apfelweineinfluss seine
Lebensgeschichte. Und die hatte es in sich. Sein Vater
war Spanier, seine Mutter war Inderin und er wurde auf
Mallorca groß. Früher war er, man glaubt es kaum, ein
Eremit. Da er in seiner Jugend nicht so genau wusste
was er so machen sollte und die Discobesuche ihm
tierisch auf den Sack gingen, sehnte er sich nach Ruhe
und die fand er in den Bergen von Andalusien. Besser
gesagt in der Sierra de Grazalmena einem Vorläufer der
Sierra Nevada. Ubrigens kenne ich die Gegend dort sehr
gut, da mein Schwager „Don Manfredo de Bonito" dort
wohnt und ich mit meiner Anne(die beste Aller) dort
mindestens einmal im Jahr verweile. Dort bezog er auf
1200 Metern Höhe eine Steinruine, die wahrscheinlich
noch von den Mauren gebaut wurde und begann sein

Eremitendasein. Bis nach 2 Jahren bei einem regenfeuchten Tag ein alter Mann vor seinem Gemäuer stand. Der Alte war so um die 90 Jahre alt und er sah mit seinem Vollbart irgendwie aus wie der Weise aus dem Morgenland. Er sagte, dass er das Eremitendasein aufgeben solle, da das Leben noch so viel zu bieten hat. Sie wurden Freunde und wanderten so umher, da stieg ihnen der Geruch von Serranoschinken in die Nase. Da sie ja null Kohle hatten, schlichen sie sich an eine große Scheune,wo die Schinken zu Hunderten zum Trocknen hingen und stibitzten einen und gleich noch eine Feldflasche Rotwein mit. Beim anschließenden „Gelage" sagte der Alte, er sei mit seinem Fahrrad schon in der Zukunft und in der Vergangenheit gewesen und ob er das nicht auch mal probieren wolle. Der Eremit sagte sichtlich erregt: ok, wo is das Rad. Sie gingen ins Tal, holten das Gefährt aus einer verfallenen Kirche und die Zwei stellten sich vors Rad. Der Alte erklärte, dass man es nur rückwärts treten darf, nie vorwärts. Auch wenn man rückwärts tritt fährt das Rad vorwärts und man muss nur vorne den Zeiger auf Zukunft oder Vergangenheit stellen. Dann gab mir der Alte das Rad, lachte laut und verschwand. Der Eremit dachte, probier ich´s mal erst mit der Vergangenheit, stellte den Zeiger und fuhr voll Stoff rückwärts. Es ging mit rasender Geschwindigkeit ins Tal runter und PAFF, die Autos um ihn rum waren auf einmal alle aus den 50-er Jahren und da wusste er, dass der Alte nicht gelogen hatte. Nach geraumer Zeit kam in einer verruchten Bar in irgendeinem verloddertem Kaff an der Küste an. Er ging in die Bar El Toro und bestellte sich erst mal nen doppelten Brandy und ein paar Tapas. Dabei lernte er die Transe el-Bimbo kennen und merkte, ja Transen, das war sein Ding.

So „konvertierte" er vom Eremit zum Transvestit, sozusagen.

Am dritten Tag dann weihte er el-Bimbo in das Geheimnis des Fahrrades ein und Transe el-Bimbo, der übrigens schwarz wie die Nacht war, schwang sich elegant wie eine Elfe auf den Gepäckträger und die zwei stellten den Zeiger auf Zukunft und los ging´s. Gerade wo sie so richtig in Schwung kamen, stellte sich ein Kind vor das Fahrrad und hielt sie an. Das Kind sagte, dass sie es nicht wert seien das Rad zu fahren und PUFF hat´s den el-Bimbo vom Gepäckträger gefegt. Weg war er, der el-Bimbo. Das Rad und das kleine Kind anschließend auch und Early Birdchen war wieder in der Gegenwart gelandet. Neugierig wie Early Birdchen so halt is, schlenderte er nach dem Desaster wieder zurück in die Bar El-Toro um zu sehen wie sie denn heute aussah. Und die Bar sah genauso wie in den 50ern aus, nur das jetzt überall Spielautomaten und Fernseher standen. Er bestellte sich jetzt erst mal nen doppelten Brandy und sah in einer Ecke, man glaubt es kaum, den Alten Mann, der ihm das Rad gab.

Der war total zugekifft und rief: Hey Amigo da bist du ja, iss wohl dumm gelaufen und kam aus dem grinsen gar nicht mehr raus. Early Birdchen setzte sich zu ihm und die zwei gaben sich die Kanne. Dann sagte der Alte: nimm´s nicht so schlimm Bruder, ich geh nach Nagpur in Indien, da iss immer was los. Gehst du mit? na, und schon war Early Birdchen in Indien. In Nagpur angekommen hat er sich dann im Hospital o Happy Day ein paar Titten aufziehn lassen, so Körbchengrösse T-XXL (Transengrösse halt) und alles was dazugehört. Ja, das war so grob seine Geschichte.

Danach hat er dann Shila und ihre Mädels kennengelernt und sitzt jetzt, wie so oft, hier in der Tiger-Bar und überlegt was wäre wenns ´denn anders gelaufen wäre…

Was das ganze aber mit dem Song „Nights in White Satin „ zu tun hatte konnte ich ihm nicht mehr

entlocken. Early Birdchen war mittlerweile im Transenhimmel……..
Das musste ich erst mal zu so später Stunde verarbeiten, was mir sichtlich schwerfiel und ich ging in die Falle.

Am nächsten Morgen so um 12 Uhr wollten wir uns dann, wie immer beim Turban-Sikh zum Frühstück treffen, ei derweil es ja in unserer Pension nur Übernachtung gab. Aber es kam anders. Man muss hier dazusagen dass wir so gegen Sonnenaufgang ins Bett gingen und es jetzt 9 Uhr war. Es war NEUN UHR und auf einmal war ein Wahnsinnslärm in der Pension. Und der kam aus der Tiger Bar. Was war passiert? Unten hatten 10 Polizisten Krishna-Hari aus seiner Receptions – Sweet (Hängematte hinter der Bar) rausgezerrt und wollten sofort alle Papiere und die dazugehörigen Personen unverzüglich sehen. Da es in der Pension kein Telefon gibt, ging Krishna-Hari mit dem Polizeikommando in die Bar und stellte den „Steelbandwecker" an. Er trommelte was das Zeug hielt und einige der Beamten schwangen schon rhythmisch aus den Hüften. Nach dem wir alle nach und nach, noch völlig fertig vom feiern, in der Bar eingetrudelt waren herrschte ein scharfer Ton. Es wurde ihnen berichtet, dass hier gestern Nacht Drogen verkonsumiert worden seinen und sie machen jetzt eine Razzia, sagte der Kommandante der Truppe.

Wir setzten uns alle hin und beteuerten unsere Unschuld. Wir haben nur gefeiert, sonst nix. Nachdem die Beamten erfolglos nach Drogen gesucht hatten wendeten sie sich den Apfelweinkanistern zu, zapften etwas ab und rochen daran. Dabei verzogen sie das Gesicht. Wem gehört die Droge? Ich meldete mich und erklärte dass das Stöffsche bester Äppler war und das Nationalgetränk von Frankfurt am Main. Ich hielt ihnen die Zollpapiere hin und die Gemüter der Jungs wurden schon freundlicher. Ich sagte, dass es mir als Deutscher und als Frankfurter Botschafter des Apfelweins eine absolute Ehre sei, sie zu einem Äppler in dem Gerippten Originalglas einzuladen. Sie fühlten sich gebauchtätschelt und willigten ein. Und so hielten wir eine Äpplerprobe ab, so nach dem Motto: ein Äppler zur rechten Zeit fördert die Gemütlichkeit…..............…

Krishna-Hari hatte mittlerweile dezente Steelbandklänge als beruhigendes Background eingespielt, denn er wollte es sich es ja auch nicht mit den Jungs verderben. Wir bestellten gleich noch nebenan beim Turban-Sikh ein paar Snacks und es wurde noch ein angenehmer Vormittag. Danach fielen wir alle ins Bett. Der Tag war gelaufen………..

Nächster Tag. Der Brautvater hat uns Bescheid geben lassen, dass kommenden Montag, also in drei Tagen, morgens um 8 die Grabung beginnen kann. Super, riefen wir alle und brachten Edward und seine Angebetete wieder ins Zuhause der nicht immer ganz Hellen zurück. Als wir ankamen wurden wir von einer Schwester begrüßt, die uns mitteilte das die „Mutter Oberin", genau die mit den Haaren auf den Zähnen, gestorben sei. Wir fragten besorgt, was denn passiert sei und die Schwester sagte nach mehrmaligem fragen schüchtern: Ja sie hat schon immer unter Verstopfung gelitten und bei schwerstem Drücken auf dem Klo iss´es dann passiert, jedenfalls fand man sie dort noch sitzend, Aneurysma Totale halt.
Bei uns daheim sagt man, die hat der Blitz beim Scheißen getroffen………..Ich weiß, so was soll man nicht sagen, aber was willsd´e machen? In jedem Fall aber mal ein Friede ihrer Seele.

Die Schwester jammerte, dass jetzt niemand mehr da sei um das Heim zu leiten, gerade jetzt wo sie kurz vor der Pleite stünden. Genau hier hakten wir jetzt ein. Haeddy sicherte erstmal für die nächste Zeit finanzielle Unterstützung zu und wir schauten alle jetzt auf Anando, dem ja vor einiger Zeit im Müllauto von dem kleinen Mann gesagt wurde, dass er eine neue Aufgabe von einem Mann aus einem fremden Land erhalten werde. Haeddy trug ihm das Amt des Leiters an. Anando fühle sich geehrt und willigte sofort in seine neue Position ein. Haeddy machte alles klar mit der Finanzierung und den Behörden. Die neue Heimat von Edward Snowden mit seiner „Diana" war gesichert und Anando konnte loslegen.

Kapitel 10

Zwei Tage später. Es geht los, die Ausgrabung beginnt. Gespannt stehen wir alle an der von Edward Snowden deklarierten Stelle zwischen Baum und Mauer. Alle sind wir da: Haeddy und ich, Ben-Johnson und Anando, unser aller Earl samt dem Schweizer, der Brautvater und naturalemente auch Edward Snowden, der gerade den zweiten Äppler von mir eingeflößt bekommt. Sonst ist aus Sicherheitsgründen niemand dabei. Ben-Johnson setzt sich ins Führerhaus vom Bagger, darin hat er in Wyoming schon große Erfahrungen gesammelt. Dort war er nämlich der Bagger-King im Offroadgeschicklichkeits - Drive. Na egal, jetzt wollen wir uns ja endlich unserer Schatzsuche zuwenden, obwohl wir immer noch nicht wussten nach was wir denn da eigentlich graben, denn das war ja Edward leider immer noch entfallen....

Der Brautvater als Chef der städtischen Parkanlagen macht den ersten Spatenstich, dann kommt der Bagger. Die Schaufel bleibt in ca. 1 Meter Tiefe an einer Wurzel hängen. Ben-Johnson schwingt sich aus dem Bagger, schnappt sich die Kettensäge und senst die riesige Wurzel durch. Sie ist so ca. 80 Zentimeter stark. Jetzt geht´s mit schaufeln weiter und nach etwa 1 Stunde schreit der Schweizer aufgeregt: ich hab was und hält einen Nachttopf in der Hand. Wir alle schütteln uns vor lachen und ich geb drauf gleich mal ne Runde Äppler aus.

Nachdem Edward ein Schoppe getrunken hatte, erinnerte er sich an den Nachttopf. Grabt weiter sagte er. Den Nachttopf habe ich extra über den Schatz gestellt damit man nicht weitergräbt, so wie es die alten Ägypter gemacht haben bei ihren Grabkammern, das hab ich mir so abgeguckt. Also gruben wir weiter bis wir auf eine versiffte Plastiktüte stießen. In der Plastiktüte war noch eine und dann noch eine. Alle waren mit Motorenöl verdreckt und in der letzten Plastiktüte lagen dann diverse Gegenstände in einer schmierigen Masse. Als da waren: Ein Babyschnuller, Unterhosen, kaputte Schrauben, ein altes Gebiss wo ein paar Zähne fehlten, eine Tasse ohne Henkel und was weis ich nicht noch alles. Dass iss´es sagte Edward, da iss´er drin. Ich sah nix und schüttelte wie verrückt an der Tüte rum. Auf einmal kam ein irrer großer ungeschliffener Diamant rausgekullert. Ben – Johnson, der ihn ausgebuddelt hatte, pfiff durch seine Zahnlücken hindurch, so dass es uns alle ein Schauer über den Rücken lief. Neben dem

Loch auf dem Rasen lagen sich Edward und „seine Diana" in den Armen. Edward hatte ihr seine Zunge schwer in ihren Hals gesteckt und wir fragten uns, wer denn da ein größeren Schatz gefunden hatte. Wir kamen einhellig zu dem Ergebnis, dass die zwei das bessere Los gezogen hatten. Gratulatione. Unser Earl überschlug gleich mal den Preis und kam zu dem Ergebnis dass der Klunker so ungefär…ja, so zig Millionen wert sei.

Das war schon eine Überraschung, da es ja in Indien überhaupt keine Diamantminen gab. Allerdings muss man sagen das von überall in der Welt Diamanten zum Schleifen nach Indien geschickt werden. Wo der Klunker aber herkam war uns schier Wurst. Wir schütteten das Loch wieder zu, packten unseren Krempel zusammen und gingen direkt zu Krishna-Hari um das Ganze zu verarbeiten. Ich will jetzt auf die verheerenden „Abschlussfeier" nicht näher eingehen, aber der Tag war gelaufen.

Am nächsten Tag ging Haeddy zu seinem Kontaktmann der Ihm den Rohdiamanten abkaufte und wir verteilten die Kohle. Je zur Hälfte an das Heim für die Demenzkranken und für den Stadtpark. Natürlich nach Abzug unserer Kosten. Danach konnte Krishna-Hari groß renovieren, iss aber erst mal für unbestimmte Zeit nach Jamaika zur betrieblichen Weiterbildung abgedüst. Unser Earl of Dartmoor blieb noch zu mehreren verlängerten Wochenenden bei seinem Freund dem Schweizer und sie machten sich mit dem verbeulten Wohnmobil auf, den Luftraum rund um Nagpur zu verunsichern. Anando war ja nun Generalmanager mit einem Supergehalt und versprach sich immer um Edward und „seine Diana" zu kümmern und keine Dummheiten zu machen. Early Birdchen lernte noch kurz vor unserer Abreise seinen Traumpartner kennen und heiratet nun irgendwann im Herbst eine der schönsten Blüten der Gesellschaft, wer oder was immer das auch sein mag. Jedenfalls sind wir alle eingeladen. Mal sehen. Haeddy, Ben-Johnson und ich wollten dann sogleich wieder nach old England zurück, aber es kam anders. Wir bekamen einen Tag vor unserer Abreise ein Telegramm aus Assuan/Ägypten. Es kam von der Familie Browning. Darin stand, dass die offizielle Eröffnung der geteilten Sphinx in einer Woche in Luxor stattfinden soll und dass sie sich freuen würden wenn wir dabei wären. Also buchten wir einen Flug nach Assuan.

Aber vorher machten wir noch ein kleines Abschiedsfest bei Krishna-Hari, der auch seine letzten Stunden bis zu seiner Jamaika - Weiterbildung zählte. Der Zufall wollte es, dass Shila und ihre Truppe wieder mal vorbeischauten und die Sause ging los. Man muss dazusagen dass Shila großer Tom Jones-Fan ist und sich auf einer Pobacke ganz nach dem Motto seines großen Hits „Sex Bomb"eine Bombe mit brennender Zündschnur hatte tätowieren lassen. Und auf die andere Pobacke einen Tiger, weil man ihn ja Tom Jones den Tiger nennt (passt übrigens ganz toll zur Tiger-Bar). Wenn dann die eine Pobacke zu der anderen sich bewegte kam der Tiger der Zündschnur entgegen so dass es aussah, dass er sie mit seiner Tatze ausmachen wollte. Klappte halt nicht, aber wir mussten immer wieder hin gucken…………..

Shila tanzte nun mit einem roten Slip und einer Sari-schlambari-Bluse bekleidet auf den Tischen zu" Shes a Lady" und verdrängte mit ihrem Hinternwackeln mehr Luft wie der linke Hinterreifen eines Formel-1- Autos. Böse Zungen behaupten, sie hätte sogar einen Waffenschein dafür. Jetzt war eine irre Stimmung in dem Laden und die Post ging so richtig ab. Auf

Einzelheiten möchte ich im Interesse des Lesers lieber nicht eingehen.

Am nächsten Morgen dann, quasi als Abschied, saß Lüfter auf dem Fenstersims und lugte zum Aquarium rüber. Aber da war kein Goldfisch mehr drin. Der Hammer aber war, dass er nicht allein war. Hatte er doch seinen Nachwuchs mitgebracht. Ein kleiner Lüfter, sozusagen ein Lüftchen, saß neben ihm. Die zwei wollten wieder mal Nutellafisch. Gab`s aber net. Ich überlegte und mir kam da die Idee:

vom Vortag hatte ich noch ne Gref-Völsings Rindswurst im Topf schwimmen und pellte das Teil.

Dann schnitt ich kleine Fische aus der Wurst und schmiss sie ins Nutellaglas. Und siehe da, es schmeckte den Beiden Lüfters. War ja schließlich auch Eiweiß und mehr konnte ich nicht tun für die zwei.

Goodbye ihr Lüfters…………...

Kapitel11

3 Tage später in Assuan/Ägypten. Die Familie Browning empfing uns sehr herzlich am Flughafen. Sie erzählten uns, dass am nächsten Tag die ganze Rentnertruppe aus old England ankommt, die beim Ausbuddeln der Sphinx geholfen hatten. Alle waren sie

eingeladen, auch die Familie des Bauunternehmers Cavendish und der Bürgermeister von Sundypark. Alles war vorbereitet. Wir fuhren zu der Tribüne die vor dem Katarakt (Stromschnelle im Nil) aufgebaut war. Wir setzten uns und schauten zu wie gerade die zwei Hälften nacheinander in den Nil gelassen wurden. Und zwar mit der behauenen Seite in das Wasser, so wie die Sphinx genau hier vor langer Zeit gefunden wurde. Da man von oben natürlich nichts sehen konnte von Ihrem Antlitz, hatte sich das Ägyptische Kultusministerium etwas ganz besonders ausgedacht. Zwischen den beiden Hälften der Statue war ein Glastunnel verlegt worden, so dass die Touristen auf dem Grund des Nils entlang laufen konnten und die Sphinx von Unten nach Oben sehen und bewundern dürfen. Naturalemente alles trockenen Fußes.

Eine tolle Sache dachten wir alle und freuten uns schon auf den Moment der „Tunnelbegehung". Wir durften dann auch als erste schonmal vorab die Treppen zum Nil runtergehen. Der Ägyptische Kultusminister Sharif Anubis gab sich selbst die Ehre und ging vorneweg. Wir bekamen alle tierisch Gänsehaut und man konnte in der trüben Brühe erstaunlich gut die geteilte Sphinx erkennen. Das mit dem Glastunnel war voll gelungen und es sollte zu einer der Hauptattraktionen von dem unteren Niltal werden.

Die Hitze war wieder mal saumäßig und wir schnappten uns einen Fellachen mit seiner Dau und segelten auf dem Nil bis die Sonne unterging. Auf dem Wasser regte sich ein kleines Lüftchen und es war doch etwas kühler wie an Land.
Der nächste Tag brach an und sage und schreibe drei Maschinen mit Rentnern aus Sandypark und Umgebung landeten auf dem kleinen Flughafen. Es war ein Hallo dass es nur so krachte, alle hatten kleine Fähnchen mit

nem Unionjack dabei und es wurde gewedelt was das Zeug hielt. Sharif Anubis geleitete die Truppe dann im Konvoi zum Empfang in einem extra dafür aufgebauten Wüstenzelt, so ne art mobile Karawanserei halt. Dann wurden etliche Reden geschwungen und ab ging´s für die immerhin 600 Senioren in ihre Hotels. Am nächsten Morgen dann sollte die Einweihung losgehen. Eigentlich.

Aber wie der Zufall oder besser die Sphinx es wollte, passierte was total irres. Genau an diesem Abend nämlich liehen Haeddy und ich uns zwei Enduros und bretterten mit den Maschinen die Dünen rauf und runter. Als wir oben auf einer kleinen Düne angekommen waren, kippte meine Maschine um und fiel genau auf ein Stück Felsen der da oben rauslugte. Dabei brach ein Stück Fels ab und ein Hebel kam zum Vorschein.

EIN HEBEL?

Was machte in aller Welt ein Hebel in der Düne? Wir sahen uns beide nur verwundert an und genau, wir zogen halt mal so ein bissi dran. Kann ja nix schaden dachten wir so. Weit gefehlt. Ein schweres Gerumpel erschütterte die Sanddüne.

Alles zitterte und unter uns rieselte der Sand in den Erdboden.

Und zwar hurtig. Und zwar so hurtig, das unsere Maschinen umfielen und in einem Tempo nach unten rutschen das wir überhaupt nicht hinterher kamen. Also retteten wir uns erstmal selber und rutschen auf der gegenüberliegenden Seite schnellstens in Sicherheit. Als wir unten ankamen, waren unsere Motorräder schon verschwunden, irgendwo im Wüsten-Nirwana.

Wahnsinn…. Was wir aber nun zu sehen bekamen war allerdings noch wahnsinniger. Nachdem der Sand der ca. 20 Meter hohen Düne weggerieselt war wurde eine, man glaubt es kaum, Sphinxstatue sichtbar. Und zwar ein getreues Abbild der zweigeteilten Sphinx, die es aus old England zurück in die Heimat gefunden hatte. So standen wir mit offenem Mund vor dem Wunder von Assuan, wie später davon berichtet wurde.

Logischerweise kam gefühlt halb Ägypten angerast um dieses Jahrhundertschauspiel mitanzusehen. Sharif Anubis war mit der Erste der eintraf und fiel sofort auf die Knie und betete. Das machten alle, es waren mittlerweile bestimmt über tausend Menschen die vor der Sphinx Position bezogen hatten. Es war gespenstisch. Einfach Totenstille, nur der Sand rieselte noch ein wenig und wir gingen auch auf die Knie, so wie die Ägypter.

So nach 5 Minuten war das ganze mit der Andacht vorbei und nun wurde geredet, diskutiert und gerätselt wo die neue Sphinx denn eigentlich herkam. Wir erklärten was geschehen war und das es ja einen großen Hohlraum unter der Statue gegeben haben musste, wo der Sand dann absacken konnte. Auf der Hinterseite der ca. 20 Meter hohen Sphinx war nun auch deutlich der Hebelmechanismus zu erkennen, wo ich ja mit der Enduromaschine gegengebrettert war. Ja sie war eigentlich sehr gut versteckt und welcher ägyptische Bauherr konnte vor 3000 Jahren schon ahnen dass ein verrückter Touri aus dem Abendland mit einem Bike die Sanddünen rauf und runter brettert. Egal. Alle Anwesenden waren wie elektrisiert nur unser Motorradverleiher Hadith nicht, denn seine einzigen Maschinen die er an uns verlieh, hatte die Sphinx verschluckt. Versicherung?

Kanns´de knicken bei einem Sphinxschluckauf und so sahen wir uns in der Pflicht einen Ausgleich zu schaffen.

Neue Motorräder waren nicht greifbar und ich fragte ihn, was er denn früher so gemacht habe, existensmässig halt. Hadith sagte er wäre Eisverkäufer gewesen, aber die Touris würden lieber ihr Eis auf den Kreuzfahrtschiffen schlecken und alle hätten Angst sich die Rache Ramses (flotten Otto) einzufangen. Was also tun? Da kam mir eine suuuper Idee.

Ich sagte Ihm, dass es in Deutschland Eiskonfekt gibt und dass könne er doch in Pyramidenform an den Touri bringen. Gesagt getan.
Er machte ein super Eiskonfekt in Form von kleinen Pyramienhäppchen und verpackte sie in einer schönen großen Pyramidenschachtel. Die Kohle dafür bekam er naturalemente von uns. Was für eine Idee. Sie sollte bald auch Europa erreichen und Hadith damit auch zum Millionär machen. Seine zwei Enduromaschinen blieben aber für immer im Sand verschwunden.
Jetzt aber endlich zur Einweihung der Sphinx im Nil, die mittlerweile fast zur Nebensache geraten war. Und so gab es eine tolle Doppeleinweihung, der Zerbrochenen und der Wiedergeborenen Shpinxen. Alle waren mächtig stolz diesem Jahrhundertereignis mit beiwohnen zu dürfen. Und das in erster Reihe. Das Ägyptische Fernsehen und BBC übertrugen Live das Wüstenevent in alle Welt und Familie Brownig, der Bauunternehmer Cavendish der Bürgermeister von Sandypark und sämtliche Rentner wedelten jetzt wie wild mit zwei Fähnchen, dem Unionjack und der Staatsflagge von Ägypten naturalemente.
Genau hier wollte ich an und für sich ein Gedicht von Heinz Erhard etablieren (Das Dings, das iss die Sphinx), habe mich aber jetzt für ein zeitgemäßeres entschieden, nämlich meins. Ich hab`s kurzerhand selbst verfasst und ich finde, es iss sogar besser.
Na, lest halt selber…..

Die Sphinx

Sie schaut neugierig aus dem Sand
wo sie vor geraumer Zeit verschwand,
sie schielt nach rechts,
sie guckt nach links,
warum auch nicht, sie ist die Sphinx.
schaut vom Norden bis zum Süden
auf weggeschmissne Plastiktü(d)en
auf ein Restaurant mit großem M
die Sphix denkt, sie sei Plem-Plem
und verschwindet wieder in ihr´m Sand
verdammt, verdammt.

Na, ich hoff es hat euch ein bissi gefallen.
Das Abenteuer in der Wüste geht nun zu Ende und wir
fliegen mit der ganzen Rentnerbande in Haeddys alte
Heimat. Jeder Veteran hatte noch vorher vom
Kultusminister eine handgeschnitzte, zweigeteilte
Sphinx aus Speckstein geschenkt bekommen und ich
dachte da schon im Hinterkopf,wenn das mal nicht
wieder beim Schenks-Weiter Bingo auftaucht...
Wenn man bedenkt, dass ich ja eigentlich nur nach
Südengland reisen wollte.............was ein Glück dass
wir jetzt abdüsen, wer weiß was uns alles noch
passieren würde.

Kapitel 12

Endlich wieder zurück in old England.
Haeddy, Ben-Johnson und ich begaben uns erst mal
nach Sherborne Castle um gleichmal nach unserem
Hausgeist Hans-Herrman zu schauen und was der in
unserer Abwesenheit so alles angestellt hatte mit seinen
„Verwandten" auf dem Castle. Es war schon schwer
nachts, als wir ankamen und ich rollte mein Koffer vom
Parkplatz an dem Brunnen vorbei zum Eingangstor.
Leider rollte ich dabei durch einen Mega Hundehaufen
der so schwarz war wir die Nacht. Schöne Scheiße. Ich
hob mein Koffer auf den Brunnen und schon spielte
Hans-Herrman mit seinen Verwandten seinen
Schabernack mit mir. Der Koffer tanzte auf der
Brüstung und verabschiedete sich mit einem leisen
Blubbs in die Tiefe. Na super. Ben-Johnson schickte ein
paar wyomische Flüche dem Gespensterpack hinterher,
aber der Koffer lag jetzt auf dem Grund vom Brunnen.
Egal, wir schliefen erst mal ne Runde. Am nächsten
morgen dann holte Haeddy ein Seil mit nem
Fleischerhaken dran. Dann ging´s abwärts zum
Kofferfischen. So ungefähr 30 Meter tief war das
Gewässer und wir angelten so zwei, drei Stündchen bis
sich tatsächlich der Haken verfing. Haeddy, Ben-
Johnson und ich zogen wie wilden den Koffer nach
oben. Dachten wir jedenfalls. Was oben rauskam war
jedenfalls was anderes. Wir hatten ein Skelett erwischt
und der Fleischerhaken hing in der Augenhöhle des
Schädels. Das Skelett klapperte irgendwie lustig im

Wind und der linke Fuß war abgehackt. Wir standen alle da und staunten das Gerippe an. Hatte unser Hausgeist Hans-Herrmann da wieder einen Schabernack mit und angestellt oder was? Haeddy klärte uns auf. Das sind die Gebeine von seinem Uhrvorfahren Ian Haedstone.

Ian habe zu der schottischen Linie der Haedstons gehört und sei vor Zweihundert Jahren spurlos verschwunden. Er sei von seinem Drittbruder Lanzelott zur Sea mütterlicherseits übelst verflucht worden, weil mit Ian auch der Familienschmuck verschwunden war. Seitdem geistert Ian`s Geist durch das Gemäuer von Sherborne Castle und machte sich gerade mit Hans-Herrmann ne`n Riesenspaß uns zu erschrecken.

Egal. Wir nahmen nun Ian, oder was von ihm übrig geblieben war vom Haken und begruben ihn im Park. In der Nacht darauf kam es zu einem riesigen Spektakel. Punkt zwölf kam der Geist von Ian an das Grab leicht gefolgt von Hans-Herrmann. Die zwei gaben ihr bestes. Es leuchtete der Nebel auf und es zischten die Fackeln bis sie unter einem fürchterlichen Geheule ausgingen. Danach verschwand der Geist von Ian im Grab und Hans-Herrmann blieb traurig alleine zurück und verschwand mit tiefen Geseufze in seiner Mauerritze.

Nun war es an der Zeit das Ben-Johnson sich mit dem Rücktransport der Burgmauer von der Burg Chotyn aus der Ukraine befasste. Er lud sie auf seinen Tieflader und fuhr nach Chotyn in die Ukraine ab. Hanns-Herrmann freute sich schon in seiner Mauerritze auf die Zollbeamten in Dover. Denen wollte er doch wieder mal einen seiner Streiche spielen. Aber dazu später, vielleicht.

Wir angelten aber weiter nach meinem Koffer. Nach zwei Tagen hatten wir ihn dann endlich hochgezerrt. Das hätten wir uns allerdings auch sparen können denn das ganze Zeug haben wir gleich in die Tonne geschmissen weil´s so fürchterlich stank. Egal, nun war ich endlich wieder in Südengland und ich wollte doch zu gerne "meinen" Inspector Barnaby in Midsummer am Set beim Drehen eines seiner berühmten Krimis sehen. Also machte ich mich auf. Haeddy hatte keine Zeit und ich fuhr mit seinem Rolls alleine in das kleine romantische Städtchen Midsummer.

Dort angekommen, nahm ich mir erstmal ne kleine Pension. Bed and Breakfest halt. Tatsächlich sollte am nächsten Tag eine neue Folge von „Inspector Barnaby" im Ort gedreht werden und ich freute mich schon tierisch drauf. Es war nun schon Abend und ich wollte mir die Beine ein bisschen vertreten, als mit quietschenden Reifen ein Eiswagen der Firma Oppo auf mich zu kam. Der Fahrer musste mir ausweichen und kippte mit seinem Eiswagen in den Graben. Es war nix passiert, außer dass der Wagen Schrott war und das schöne Eis aus den offenen Türen rauskullerte. Alle Pakete waren aufgeplatzt und die tollsten Sorten Eis lagen auf der Wiese. Der Fahrer suchte schnell das Weite und schrie mir zu, dass er Hilfe hole. Ich setzte mich nun in der Abendsonne auf das Eisauto und probierte nun die verschiedensten Sorten aus. Alles lecker. Nach dem fünften Eis kam immer noch keine Hilfe, dafür wurde es mir aber ziemlich übel. Ich hielt ein Auto an und erklärte mit meinem very- bad englisch dem Gentleman was passiert war und er nahm mich mit. Gerade eingestiegen, kotzte ich so en passant wenig elegant aus seinem Autofenster raus, so dass er mich auf einmal superschnell ins Hospital fuhr, wo sie mir auch gleich den Magen auspumpten. Woaaoww. Was für ein Start in Midsummer. Am nächsten Tag erklärte mir dann der Oberarzt das ich eine Lebensmittelvergiftung habe.

Wie kann das sein nach nur 5 Eis? Die Erklärung kam prompt.

Ich wurde von der Polizei nach dem Unfallhergang befragt und die Beamten sagten mir, dass der Eiswagen gestohlen sei. Ich machte daraufhin eine Täterbeschreibung des Diebes und am Nachmittag hatten sie ihn schon am Schlawickel. In dem Wagen war vergiftetes Eis, das gerade ausgeliefert werden sollte. Damit sollte die Eisfirma Oppo erpresst werden. Der Dieb wusste davon nix, ich allerdings auch nicht. Man kann es kaum glauben, aber am Abend schon waren die Erpresser gefasst worden,weil sie so blöd waren und ihre Fingerabdrücke auf der Autotüre hinterlassen hatten. Was für ein Start in Midsummer dachte ich wieder mal. Ich ging in meine Pension und legte mich schlafen.

Auch Midsummer schlief den Schlaf des gerechten und ich hörte noch einen Kauz schreien bevor mir die Augen zu vielen. Am Morgen dann kam die Vermieterin ganz aufgeregt und brachte mir Ihr Handy ans Bett. Am Apparat war der Manager von der Eisfirma Oppo. Sie wollten sich persönlich für meine Mithilfe bei der ganzen Angelegenheit bei mir bedanken.

Iss ja toll sagte ich, ihr habt den Erpresser, die Polizei den Autodieb und ich die Magenschmerzen.

Am anderen Ende der Leitung wurde es erstmal still, dann sagte der Manager ob er mir denn ein paar Eispackungen schenken dürfe, so als Ausgleich. Da hab ich mir gedacht, so billig kommst du mir nicht weg Bürschchen. Ich habe da einen super Vorschlag.

Schicken Sie doch an sämtliche Altenwohnheime in Südengland zu deren Schenks-Weiter Bingospielen für die Rentner ein Jahr lang euer tolles Eiskonfekt. Das ist ja auch ne irre Werbung für euch und die Veteranen mit dem kleinen Geldbeutel haben auch was davon. Wieder wurde es still. Dann hat das Burscherl geschluckt und

sagt dann……...ok, ok, ok, geht in Ordnung. Am nächsten Tag dann stand´s dann in der Zeitung und ich war bei den Oldies wieder mal der Held.
So, aber jetzt endlich ging ich zum Filmset von Inspector Barneby.

Gut gelaunt ging ich zum Set. Er lag in der Brixtonstreet 17, einem roten Backsteingebäude. Mit ein paar Fachwerkbalken sah es richtig gemütlich aus, so gar nicht wie ein Haus in dem gerade einer umgebracht worden war. Aber egal. Es schienen tausend Sonnen vom Himmel und ich ging froh gelaunt durch die Wohnzimmertür wo ich im 1. Stock auch schon Inspector Barnaby erblickte. Er stand direkt vorm Geländer, dass die obere Galerie vom unteren Wohnzimmer schützte. Die Aufnahmecrew wollte gerade eine Probeaufnahme machen als ich „hello Barneby oldes Hous" frohlockte. Mein Englisch ist halt very bad und an sich wollte ich altes Haus sagen wusste mich aber nicht so richtig auszudrücken. Jedenfalls brachte der Spruch Barneby so aus dem Konzept, dass er sich umdrehte sein Gleichgewicht verlor und durch das schon angesägte Geländer krachte. Da sollte an und für sich ein Stuntman durchfallen, da ja auch unser lieber Inspector an und für sich zu alt für derlei körperliche Übungen war. Wie auch immer, Barneby krachte durch die Brüstung und fiel...genau in meine Arme, die ich irgendwie instinktiv ausgestreckt hielt um ihn aufzufangen. Das gelang mir auch, aber „Barnebychen" war doch wohl etwas zu schwer und ich mach mit ihm auf meinen Armen einen doppelten Rittberger auf das Sofa, was dann auch noch zusammenbrach. Jetzt schauten wir uns alle verdutzt an und wussten nicht was wir sagen sollten. Dafür kam aber der Aufnahmeleiter gleich ungestüm auf uns zu und sagte: Beautiful, Beautiful. Das war ja irre und wir haben die Szene zufällig mitgedreht. Das müssen wir mit einbauen. Na, was soll ich sagen, nachdem wir uns alle vorgestellt hatten und einen auf den Schreck scotchten hatte ich eine Hauptrolle in „Inspector Barneby"

Folge 386 „Der Deutsche kam zurück". Leider sollte ich am Ende auch gemeuchelt werden, aber es kam anders.

Am 2. Drehtag schon kam Haeddy zum Set und suchte mich. Ich war gerade zum Schminken im Wagen als Barneby ihn sah. Er dachte ich wäre es und legte gleich los um mich zu begrüßen als ich dazukam.

Da hättet ihr aber unseren „Inspector Ratlos" mal sehen sollen wie ihm die Kinnlade runtergefallen ist. Zwei von meiner Sorte, dass war ihm dann aber auch zu viel und er kratzte sich erstmal am Kopf. Anscheinend macht man das wohl als Inspector um die Logik im Kopf auf Vordermann zu bringen. Wieder kam der Aufnahmeleiter aus seinem Kapuff und sagte: dass iss ja irre, wir haben mitgedreht und alles im Kasten, den zweiten Dieter nehmen wir auch noch ins Drehbuch mit auf und machen eine Doppelfolge. Ja, und schon war auch Headdy mit von der Partie. Die Folge 386/7 wurde nun umbenannt in „der doppelte Deutsche" und sollte sensationelle Einschaltquoten bekommen.

Es sollte aber auch noch ein weiteres Highlight dazukommen.

Kapitel 13

 Meine Frau Anne hatte mir eine Mail geschickt, die es
in sich hatte. Wir hatten uns schon vor geraumer Zeit
einen Sichtschutz aus Baumrinde für unseren Garten in
Frankfurt bestellt. Der Zufall (gibt´s den überhaupt?)
wollte es und die Sichtschutzrolle kam aus England.
Und zwar aus dem kleinen Städtchen Bodmin ganz in
unserer Nähe in der Grafschaft Cornwall. Genauer
gesagt aus einem Gefängnis. Die Manufaktur nannte
sich Jail-Handmade. Knastarbeit dachten wir alle. Kein
Wunder, die Rolle aus Baumrinde kostete nur läppische
60 Euro. Für den Preis kann das ja kein normaler
Betrieb machen, aber iss ja jetzt egal.
Es war ausgerechnet das Gefängnis Bodmin Jail in
Cornwall was am Rande des gleichnamigen Moores
liegt. Es gilt als das Gruselgefängnis Englands
schlechthin, da dort über 50 Gefangene hingerichtet
wurden und logischer weise spukt es dort allenthalben.
Aber zurück zu meiner Frau Anne. Sie hatte in der
Verpackung einen vergilbten Zettel gefunden auf dem
ein Hilferuf von einer gewissen Sherly B.
handschriftlich verfasst war.
Nun, auch meine Frau Anne ist nicht gut mit dem
Englischen bewandert und kann schon gar nicht einen
gekraxeltem, altbritisch- handgeschriebenen Zettel
entziffern. Deshalb schickte sie uns davon übers Handy
ein Bild. Haeddy las vor: Hier spricht die rote Sherly.
Ich bin eingemauert im Kerker von Bodmin, holt mich
hier raus.

Ich weis nicht wo ich bin, höre aber das rauschen eines Baches und das Gezwitscher der Vögel. Holt mich hier raus. Datiert am 18.Juni 1886 Sherly B.

Nun saßen wir Haeddy, Barneby und ich mittlerweile auf Sherborne Castle auf der Terrasse beim 5 Uhr-Tee und knabberten Gebäck und lauschten was die rote Sherly in ihrem Hilfebrief zu erklären versuchte. Nun, Eile war ja nicht gerade angesagt, denn die Dame war ja ohnehin verblichen. Wie war aber der vergilbte Zettel in die Rolle der Sichtblende gekommen und was stimmte an der Sache?

Barneby fand die Story very interessant und rief sofort seinen Drehbuchschreiber an und erzählte ihm alles. Der versprach sogleich zu recherchieren. Danach scotchten wir noch einen und ich gab mich dem hervorragenden Cider-verry-strong hin. Der schmeckte fast wie unser Äppler in Frankfurt nur ne Spur herber. Ein Genuss. Jetzt verabschiedete sich Barneby, weil er wieder zum Set musste.

Gerade als Barneby gegangen war, rief Ben-Johnson an und sagte er stecke mit dem Tieflader und Hans-Herrmann fest. Der Zoll mache wieder mal Zirkus und er würde wohl noch ne Weile festsitzen. Die Zöllner hätten ihn gefragt wo er denn herkomme,ob er was zu verzollen habe und wohin er denn mit dem Gemäuer auf dem Tieflader wolle. Ben-Johnson sagte mit dem eigenen trockenen Humor: Ey, ich komme aus Wyoming und habe 3665 Steine samt einen darin hausenden Hausgeist zu verzollen und mit dem Gemäuer will er nach Chotyn in die Ukraine fahr´n. Danach waren die Zöllner not amüst und ließen ihn hängen.

Nachdem er uns die Story am Telefon ausgiebigst erzählt hatte, pfiff er durch seine große Zahnlücke, sagte dass er uns noch Bescheid geben würde wie es denn weitergeht und wünschte uns noch eine schöne Zeit. Soweit so gut.

Am nächsten morgen dann beschlossen Haeddy und ich der Sache mit der roten Shirly auf den Grund zu gehen. Barneby musste zum Set und so fuhren wir mit dem Wohnmobil nach Bodmin. Dort angekommen, gingen wir zu dem alten Gefängnis , welches mittlerweile eine art Grusel-Eventhotel war. Wer will kann dort für Übernachtungen (75 Euro) sich seine Spukerlebnisse verwirklichen. Auch an Kulinarischem war da alles drin: Jailcurry, Dead Hamburger oder für die Jungen Besucher "Young Offenders Menü". Das Gemäuer ist ein El Dorado für Geisterjäger. Wir gingen zur Gefängnisinfo und fragten, wer uns denn Infos über die rote Shirly geben könnte.

Schrilles Gelächter. Das ganze Büro lachte uns aus und wir wussten nicht warum, bis uns der Büroleiter beiseite nahm und uns die Sachlage erklärte: die rote Shirly gibt es wirklich. Sie arbeitet nebenan in der Manufaktur für Behinderte und Gefängnisinsassen. Hierbei handelt es sich um eine gemeinschaftliche Institution zur Eingliederung und Integration der Grafschaft Cornwall.

Nun war die rote Shirly von Geburt an Blind und ein richtig heißer Feger, der sich einen Spaß daraus machte Gott und die Welt zu verarschen. Ihr seid in dieser Woche schon die fünften die mit dem gleichen vergilbten Zettel auftauchen sagte der Büroleiter und lacht sich halb kaputt. Das Einzige was stimmt auf dem Zettel ist der Name von Shirly und dass es hier einen Bach gibt. Das iss aber schon alles. Also Goodby old boys und machte seine Tür wieder zu.

Jetzt standen wir so ziemlich verdattert da und schauten uns ungläubig an. Aber da wir nun schon mal da waren, statteten wir der roten Shirly einen Besuch ab. Wir gingen in die Manufaktur die den besagten Sichtschutz herstellte und sahen sie über den Hof fegen. Shirly war sehr schlank und zierlich, hatte rote lange Haare und fuchtelte mit wachsender Begeisterung mit einem lila-weißem Blindenstock im Zebramuster rum.

Ich wollte aber noch vorher die 3 Uhr Gruselvorführung machen und seilte mich ab, so dass Haeddy erst mal alleine zu Shirly ging. Er sagte ihr, warum wir hier waren und sie amüsierte sich königlich. Shirly erklärte Haeddy, dass die Schreiberei mit den Zetteln für sie ne Art Verbindung zur Außenwelt sei. Dadurch würde sie neue Menschen kennenzulernen und so mehr vom Leben „da Draußen" mitbekommen. So kamen die zwei gleich schwer in Kontakt und er verstand sich mit Shirly auf Anhieb prächtig. Irgendwie war die rote Shirly erotisch schwer auf der Überholspur und es funkte zwischen den Beiden explosionsartig. Hot Stuff quasi. Haeddy stand auf rothaarige und folgte dem Motto" wenns oben rostet wirds unten feucht. Aber lassen wir diese unflätigen Irischen Sprichwörter mal beiseite. Haeddy verschwand mit der heißen Shirly im sogenannten Ruheraum der Manufaktur, von Ruhe war aber keine Spur. Als er nach einer halben Stunde wieder rauskam, sah er doch ziemlich mitgenommen aus. Haeddy hatte so gefühlt ein halbes Dutzend Augenringe unter seinen Pupillen und ächzte nach Luft. Shirly hingegen war subberdubber gut drauf und schien nur darauf zu warten, was denn so als nächstes passiert und schnitzte in ihren Blindenstock eine neue Kerbe ein. Und es waren viel Kerben eingeschnitzt, mehr muss ich wohl nicht dazu sagen. Jetzt kam ich dazu und fragte Haeddy mitleidig warum er denn so „verry strong" aussah. Der verabschiedete sich mit I make a Break, see you later und verschwand ins Wohnmobil um sich abzulegen. Ich muss sagen, er war wirklich ziemlich fertig. Daraufhin wurde die die froh gelaunte rote Shirly plötzlich unglaublich still, trat an mich ran und tastete mein Gesicht ab als wenn sie gerade in eine andere Welt hineinblickte. Was war nur los mit ihr?? Als Shirly mit der Abtasterei fertig war wurde sie kreidebleich und sackte zusammen, dass ich sie grad noch auffangen konnte. Nun saßen wir beide vor der Gefängnis-Manufaktur auf dem Boden und sie erzählte mir eine (wieder einmal) haarsträubende Geschichte.

Shirly sagte, dass Haeddy und ich genau dieselbe Stimmlage besäßen und deshalb hätte sie mich auch abgetastet. Sie wollte unbedingt wissen ob wir beide Zwillinge sind. Und jetzt kommt das schier unglaubliche: in ihren Träumen (ja auch Blinde träumen) erschien immer ein kleiner Mann der in einem Riesenrad saß, dass sich permanent drehte. Er sagte zu Shirley dass in naher Zukunft zwei „doppelte Männer" sie besuchen würden. Ab dieser Zeit würde ein neues Leben für sie anbrechen.
Mehr sagte der kleine Mann nicht und drehte sich auf seinem kleinen Riesenrad unter Jahrmarktsmusik aus Shirleys Schlaf…………. Ja, wer weiß wohin. Mann, Mann, Mann.
Der kleine Bursche hat´s ja anscheinend auf Haeddy und mich abgesehen, im Guten naturalemente. Na, nachdem Shirley durch das Abtasten meines Gesichtes auch herausgefunden hatte dass wir wirklich wie Zwillinge aussahen, war für sie sonnenklar: jetzt wird was passieren. Und so sollte es auch kommen. Wir unterhielten uns noch ne Weile bis Headdy aus seinem Wohnmobil stolperte und uns sah.
Anscheinend hatte er sich gut erholt und rief supergelaunt zu uns rüber: hello boys and girls, wollen wir jetzt mal einen scotchen??

Danach war es uns zunächst mal nicht und Shirly
erzählte nochmal ihre Geschichte von Ihren Träumen.
Jetzt wurde Haeddy kreidebleich.
Er ging wortlos zu seinem Wohnmobil zurück und kam
mit einem super Maltwhisky und drei Gläser zurück.
Das müssen wir erstmal alle verdauen und schenkte
happy ouer-mässig das sündhaft teure Feuerwasser ein.

Nun erzählten wir unsere Geschichte mit dem kleinen
Mann, woraufhin wiederum Shirley kreidebleich wurde.
Und nachdem dann jeder von uns mindestens zwei-
dreimal kreidebleich geworden war, war auch die
Flasche leer und wir hatten unsere gesunde
Gesichtsfarbe wieder. Na ja, durch just ein bisschen
mehr Durchblutung hatte der Whisky uns auch alle ein
wenig mehr Rouge eingehaucht und die Stimmung war
mittlerweile saugut bis mittelschwer.

Egal, was soll´s. Shirley erzählte uns, dass sie aus
Dingle, einem kleinen Kaff an der Südküste von Irland
kam und dort…..weiter kam sie nicht, da Haeddy sie
hektisch unterbrach. Er fragte sie mit hochrotem Kopf,
wie sie denn mit Nachname heiße und Shirly
antwortete: Haedstone. Meine verwandten kamen vor
ungefähr 150 Jahren aus England. Mehr weiß ich nicht,
sagte Shirly aufgeregt. Heddy verschlug´s seinen Scotch
den er grad neu angeschleift hatte und gönnte sich noch
einen, na sagen wir mal einen doppelten. Er erzählte
uns, dass ein Urahne, irgendwie verschwistert mit der
Großtante der 3. Frau seines zugeheirateten
Schwippschwagers (auch mütterlicherseits) Andrew
Haedstone vor genau 150 Jahren von Sherborn Castle
verstoßen wurde, eiderweil dieser mit einer schönen
Irin, die feuerrotes Haar hatte und in der Küche
angestellt war, ein grösser Teta-Techen hatte.

Das war naturalemente never, never standesgemäß und musste unbedingt übelst geahndet werden. Man gab ihnen ein bisschen Kohle und einen kräftigen Tritt und schickte sie mit dem Schiff stracks nach eben diesem Ort Dingle an der Südküste Irland. Genau da kam ja auch Shirley her und sie hatte genauso feuerrotes Haar…..

Man muss sich jetzt mal in die Lage von Headdy hineinversetzen. Hatte er doch gerade mit seiner verschwappten irischen Verwandten, wenn auch über 17 Ecken und vier Kurven, gerade ne heiße Nummer geschoben… Das war Haeddy naturalemente super peinlich, aber Shirley sagte, er solle sich nix draus machen. Es iss halt wie´s ist. Darauf wurde dann von uns allen einen drauf gescotcht und Haeddy lud Shirley ein nach Sherborne Castle mitzukommen.
Da der kleine Mann ja anscheinend uns allen vorausgesagt hatte, dass sich nun etwas grundlegendes ändern sollte, waren wir alle einverstanden und beugten uns dem uns anscheinend vorausgesehenen Schicksal. Wir stiegen in Haeddys Wohnmobil und fuhren los. Und es sollte sich wirklich grundlegendes verändern, jedenfalls bei Shirley.

Kapitel 14

Nun endlich waren wir mit Shirley auf Sherborne Castle angekommen.Wir bezogen alle unsere Zimmer und Shirley lies sich von Haeddy sein Castle „zeigen". Beim Frühstück erwarteten uns erstmal Neuigkeiten von Jürgen und Andreas von Headdys Teeplantage aus Sri Lanka.

Jürgen und Andreas ließen uns mitteilen, dass wir sie zurückrufen sollten. Also ist Haeddy gleich an sein Laptop gehechtet und hat Skype angeknipst. Zack, Jürgen erschien auf dem Display und erzählte uns was mittlerweile auf der Teeplantage los war. Mit der neuen Teesorte „Christmas Tea" lief alles nach Plan aber es waren andere Ereignisse eingetreten. Jürgen erzählte uns voller Begeisterung, dass ein Landsmann aus Berlin-Moabit den hier alle Pulavar (der Professor) nennen, hunderte von Ginkobäumen durch die Teeplantage pflanzen will.

Er selbst nennt sich Greenpaece-Engel. Wenn er über sich selber spricht, lautet der Berliner Originalton ………...„Grienpies-Ähnschel" und er hat eine Mission. Nämlich das Peace-Zeichen im Kreis auf ganz Sri Lanka mit Gingko Bäumen zu Pflanzen. Und zwar in der Farbe grün, um auf die bedrohte Natur aufmerksam zu machen und naturalemente weil´s sich auch durch den Namen von Greenpeace gut anhört.

Die Insel hat er sich ausgesucht, da die Umrisse von Sri Lanka einigermaßen rund sind. Und nun ist er beim Pflanzen auf der Teeplantage bei Haeddy angekommen und hat Jürgen und Andreas von dem Vorhaben begeistert.

Es sollten hunderte von Bäumen sein, die quer durch die Plantage gepflanzt werden sollten um das Peace - Zeichen, dass sich über die gesamte Insel durchziehen soll, zu vervollständigen. Grienpies-Ähnschel hatte sich mittlerweile durch Sümpfe und Gebirge gekämpft und war nun im Hochland der Teeplantagen angekommen. Nach soviel Begeisterung von Jürgen und Andreas blieb Haeddy gar nix anderes übrig als zuzustimmen. Die beiden hatten ja sowieso einen Pickup der Plantage unter sich und nun halfen sie mit die Mission „Greenpeace Sri Lanka" zu verwirklichen. Ja, sie legten von nun an sogar selber Pflanzungen von Gingkobäumen an. Platz war hinter den großen Fermentierhallen genug und die Zwei fuhren in jeder freien Minute in der Gegend rum und halfen Grienpies Ähnschel bei seinem Vorhaben, der ein wenig mehr Frieden und Verständnis der Menschen auf unserer Welt untereinander bringen soll. Die Idee dabei ist, dass man aus der Vogelperspektive, sprich aus dem Weltall oder Google Erth, das „Greenpieszeichen" gut erkennen kann. Na jedenfalls hat Grienpies-Ähnschel alias Heinrich von Fleischbeschau immerhin schon 10 Prozent der Fläche bepflanzt und damit so manchen Sri-Lankaner überzeugen müssen. Viele Einwohner hatten ja schließlich noch nix von Greenpeace und dem Peace Logo gewusst. Eine ehrenwerte Aufgabe, zu der sich nun auch Jürgen und Andreas gesellte.

Na, nachdem Haeddy sein Einverständnis gegeben hatte waren die zwei selig und freuten sich uns das ganze über Skype mal zeigen zu dürfen. Dazu aber ein ander mal. Andreas sagte noch, dass es jetzt ab sofort zum 5 Uhr Tee leckeren Lebkuchen nach Dresdner Rezept gibt und alle Angestellten sich schon irre drauf freuen würden. Na das waren ja gute Nachrichten. Ja, es ist schon toll wie Andreas und Jürgen die Gaumenfreuden in Sri Lanka auf den Kopf stellten, was uns alle naturalemente riesig freute.

Wir stellten den Beiden noch kurz Shirly vor und verabschiedeten uns mit dem Hinweis, dass sie anrufen sollten wenn alle Ginkobäume auf der Teeplantage gepflanzt wären.

Andreas und Jürgen hielten uns noch die kleinen Lebkuchen unter die Augen und ich muss sagen wir waren richtig neidisch auf den
5 - O - Clocktae auf Sri Lanka……….

Es sollte noch einige Tage vergehen bis sich folgendes ereignete:

Ich weiß es noch genauso gut wie Heute. Es war an einem Sonntagabend. Ich rief meine Frau Anne (die beste Aller) zu Hause an und wir turtelten so ein bisschen am Telefon rum als ich plötzlich ein großes Getöse und Gepolter hörte, das vom Salon her kam. Anne rief laut am Telefon: ja um himmelswillen, was ist denn da bei euch los?

Na, ich hatte naturalemente zu dem Zeitpunkt auch null Ahnung und ich legte auf um nachzugucken. Vor mir lag Shirly. Sie hatte sich zum Dinner schwer chic gemacht und ein langes Kleid angezogen. Beim Treppen runtergehen war sie auf selbiges getreten und übelst gestolpert. Fatal, fatal. Dabei hat sie sich im Fallen an der rumstehenden Ritterrüstung festgehalten und war mit ihr umarmt die Treppe runter gedonnert. Ich nahm ihr die Rüstung ab und hervor kam ein Bild des

Jammers. Shirley hatte beide Arme gebrochen ein Zahn ausgeschlagen und Beulen und Dellen überall, ganz zu schweigen von den blauen Flecken. Da kam auch Headdy und das gesamte Hauspersonal angezischt, schnappten Shirley und fuhren sie stracks ins Hospital.

Nach zwei Stunden kamen sie zurück. Shirley war beidseitig eingegipst und der Zahn war in ner Tüte. Ein Bild des Jammers. Wenn man bedenkt das sie auch noch blind war, hatte sie eine bedauernswerte Lady abgegeben. Was soll´s, das Dinner wartet. Also gingen wir nach dem ertönen der Glocke alle in das Esszimmer und ließen uns wenigstens das Essen munden. Haeddy fütterte voller Mitgefühl Shirly mit Sunday Roast samt Yorkshire Pudding. Für die Soße gab er ihr einen Strohhalm und wir machten dann auch noch das eine oder andere Späßchen. Lachen hilft doch immer und so gingen wir dann alle zu Bett. Haeddy und die Hausdamen brachten Shirly in ihr Gemach und ich telefonierte mit meiner Anne (ihr wisst ja.. die beste Aller). Ich erklärte ihr sodann, was denn in ihrer Abwesenheit so alles in old England passiert war. Wir waren so schön am plaudern als ich einen Herzens zerreißenden Schrei hörte. Der kam……...genau, schon wieder von Shirley. Sie stand, nein sie kniete auf ihrem Balkon und hielt ihre eingegipsten Arme zum Himmel und stammelte…....DANKE, DANKE. Lieber Gott, Danke. Was war passiert? Ich legte wieder auf und sagte Anne, die ja auch den irren Schrei vernommen hatte, dass ich sie gleich zurückrufe wenn ich weiß was denn los ist. Mittlerweile war das ganze Haus auf dem Balkon versammelt um zu sehen warum denn Shirley so wahnsinnig geschrien hatte.

Shirley stammelte nur…....ich kann sehen…………..ich kann sehen.

Wir standen stumm und staunend hinter ihr. Sie hatte noch immer ihre vergipsten Arme gen Himmel gerichtet und wir wurden Zeugen eines Wunders. Shirley war ja von Geburt aus blind und kannte keine Farben. Und sah nun zum ersten Mal in ihrem Leben mit ihren eigenen Augen die untergehende Sonne im tiefen orange. Woaaaw, was für ein Erlebnis. Für alle die dabei waren ein wahnsinns Schauspiel. Mir stellten sich die Nackenhaare und jeder von uns bekam eine Gänsehaut. Etwas wundersames war mit Shirley bei ihrem Sturz auf der Treppe passiert. Scheinbar war irgendwas im Gehirn oder am Sehnerv beeinflusst worden. Keiner weiß es, außer vielleicht dem kleinen Mann in Shirleys Traum der ja auch die Wende in Shirleys Leben vorausgesagt hatte.

Das sie nur schemenhaft etwas sehen konnte störte Shirley naturalemente nicht. Allein die Farben und Konturen der Bäume im Schlosspark, die Umrisse der sich bewegenden Menschen, dass war für sie einfach überwältigend. Sie hatte es ja noch nie wahrnehmen können und wusste nicht, was gerade mit ihr geschah. Nun freuten wir uns alle naturalemente tierisch mit Shirley und alle drückten und herzten sie. Haeddy holte seinen besten Scotch aus der Vitrine und nachdem wir alle einen auf das „Wunder von Sherborne Castle" getrunken hatten ließen wir Shirley alleine. Sie musste das ganze erst mal verarbeiten.

Jetzt waren wir alle gespannt wie ein Flitzebogen ob es denn auch bis zum nächsten Morgen anhält und bangten um das Augenlicht von Shirley…………….

Und das Wunder hielt an. Nach einem denkwürdigem Frühstück mit allen Bediensteten auf Sherborne Castle im großen Ritterzimmer sprach der eiligst dazu gerufene Hauskaplan ein Gebet zu Gott in dem er ihm für dieses Wunder dankte.

Wir sahen in Shirleys Augen und sahen wie sie leuchteten, so wie man es von kleinen Kindern her kennt die unterm Weihnachtsbaum stehen und ihr lang ersehntes Geschenk bekommen. Völlig überwältigt kamen uns allen die Tränen..

Shirley stand nun von ihrem Stuhl auf, nahm ihren Blindenstock und lehnte ihn schräg auf den Stuhl. Dann trat sie ihn mit voller Wucht entzwei. Logisch, mit den Händen ging ja nix, eiderweil die Arme ja noch im Gips waren. Jetzt applaudierten alle und es freute sich jeder mit ihr. Danach fuhr Haeddy Shirly mit seinem Rolls zu der Augenklinik in Exeter. Die hatte einen guten Namen und Haeddy wollte sofort einen Untersuchung machen um nicht irgendwas zu versäumen, was die Heilung beeinträchtigen könnte. Aber alles verlief bestens und der Oberarzt Gonzales Ramon de Ortega (Austauschkonifere aus Mexico City) sagte nur, dass sie sich von grellem Licht fernhalten soll und gab Shirley eine spezielle Sonnenbrille mit. Alles verlief super. Jetzt machten wir noch einen Abstecher zu Dr. Stringer und Ginger. Ihr kennt sie ja von meinem Zahnarztbesuch am Anfang des Buches…

Als Ginger mich sah musste sie wieder mal lauthals loslachen. Ich sagte ihr gleich dass es diesmal nicht um mich geht sondern um Shirley, die ja ihren Eckzahn verlustig war. Die Geschichte war gleich erzählt und auch flugs ein Abdruck vom alten Zahn gemacht, den sie in einer Tüte mitgebracht hatte. Shirley saß auf dem Zahnarztstuhl und freute sich, dass sie sogar den Bohrer schemenhaft erkennen konnte und fiel Dr. Stringer freudig um den Hals und schrie Hurra ich kann den Bohrer sehen…….

Dr. Stringer, selber von der Freude übermannt spendierte at hock Shirley gratis eine Rundumzahnsteinbehandlung mit allem schnicks und kratz.

Danach gings mit dem Rolls erst mal zum Meer. Das hatte sich Shirley gewünscht und Haeddy und ich fuhren mit ihr ins Seebad Brighton. Shirley wollte zum ersten mal in ihrem Leben das Meer sehen.
Wir gingen auf der alten hölzernen Seebrücke bis zum Ende, wo sich Shirley nieder lies und in die untergehende Sonne blickte. Ihre roten Haare wehten im leichtem Seewind und kniete sich hin. Sie weinte vor Freude, dass sie diesen Augenblick erleben durfte und uns kamen naturalemente dann auch die Tränen.

Wir ließen Shirley alleine und besorgten ne Flasche Schampus den wir dann alle zusammen auf der Pier genossen. Leider war die Pulle schnell leer und wir zischten zurück aufs Schloss. Alsdann kümmerte sich Haeddy um die neu erworbene Verwandtschaft und genoss es Shirley die Welt zu zeigen. Für mich aber war es Zeit mich wieder mal bei Inspector Barneby zu melden….

Kapitel 15

Als ich am Set in Mitsummer ankam war die Filmcrew gerade beim Essen. Es gab Pizza für alle. Barneby winkte mich gleich zu sich an den Tisch und fragte, wie sich denn die Sache mit der roten Shirley so entwickelt hätte. Nun erzählte ich ihm die ganze Story und er kam aus dem staunen gar nicht mehr raus. Am Abend verabredeten wir uns dann auf Haeddys Castle. Es gab, wieder mal Sunday Roast mit Yorkshirepudding. Wie immer Lecker. Haeddy und Shirley erzählten Barneby die ganze Geschichte und er stammelte nur…. unglaublich, unglaublich, und wollte die ganze Story mit in einen seiner Krimis miteinbauen. Das lehnte aber Haeddy und Shirley ab. Haeddy sagte Barneby, dass er jetzt auch keine Zeit mehr habe in der neuen Folge „ Inspector Barneby und das Geheimnis der Zwillinge"mitzuspielen, da er und Shirley zur Aufarbeitung der Ahnenforschung und Familienzusammenführung nach Irland fahren werden. Für einen schnellen Tod hätte er aber grade noch Zeit und Barneby sollte für die nächsten 2 Tage schon mal einen Mord an ihm planen. Darauf scotchten wir dann alle einen. Noch bevor Barneby die Tafel verlassen konnte klingelte das Telefon.
Ben-Johnson war dran. Ganz aufgeregt stotterte er das er in Polen sei, und was vom Truck der in eine Schlucht gestürzt ist und irgendwas von Hans-Herrmann, dann war die Verbindung weg.
Haeddy rief zurück, aber es war schier nix zu machen.

Am nächsten Tag dann rief Ben-Johnson vom polnischen Festnetz an. Er hatte sich jetzt etwas beruhigt und berichtete, dass er eine Abkürzung von der Autobahn genommen hätte und bei dem anstrengenden Fahren über die kleinen Landstraßen mit seinem Truck eingeschlafen sei (er wollte ja unbedingt mit seinen 81 Jahren die Tour in die Ukraine alleine machen…).

So einen Sekundenschlaf, vielleicht waren es auch eins, zwei Sekündchen mehr. Egal. Dabei sei er ins schleudern geraten und der Auflieger ist mit der Burgmauer samt Hans-Herrmann über eine Brücke hundert Meter tief in eine Schlucht gestürzt und der liegt jetzt in Einzelteilen im Fluss. Na toll. Er selber konnte mit seinem Führerhaus rechtzeitig anhalten und ihm iss Gott sei Dank nix passiert. Jetzt fragt er uns was er machen soll. Er kann ja mit seinen 81 Lenzen schlecht die Schlucht runtersteigen und überhaupt, was sollte er da unten denn auch machen. Die ganzen Steine der Burgmauer waren doch am Fluss verstreuselt oder untergegangen. Von Hans-Herrmann keine Spur und den Auflieger hat´s auch total zerrissen.

Was tun? Ja, da war guter Rat teuer. Haeddy überlegte. Er hatte ja Erfahrung mit Geistern und dem spukenden Volk.

Nach kurzem überlegen sagte er Ben-Johnson, dass er sich erstmal beruhigen möchte. Er soll jetzt nach ein paar Bergsteigern suchen die auch mauern können. Die könnten dann in den nächsten Tagen mit Mörtel und Kelle ins Tal steigen und die Steine aus dem Fluss fischen. Dann sollen sie eine Mauer aufbauen, so ungefähr einen Meter hoch und zwei Meter lang. Das müsste genügen um Hans-Herrmann, wenn´s ihn denn noch gibt, anzulocken. Bezahlung spielt keine Rolle. Nur er solle er sich sputen, da Geister ja schließlich auch ein Verfallsdatum hätten. Gesagt, getan. Ben-Johnson schwang schwer die Hufe und fuhr mit seinem leicht lädiertem Führerhaus in den nächsten Ort. Ein kleines Kaff namen Usza, so 300 Einwohner. Immerhin gabs ne Kneipe da. Ergo ging Ben-Johnson stracks hinein und bestellte sich gleich nen doppelten Wodka. Den hätten auch die anwesenden Gäste gebraucht. Denn in Ihrem gottverlassenen Dorf hatten sie noch nie einen 81 Jahre alten schwarzen Mann aus Wyoming mit rotgefärbten Haar zu Gast. Ben-Johnson zischte den Wodka ab und rief nun doch sichtlich wieder gut gelaunt: Hello boys, I am Ben-Johnson. Im come from Wyoming und pfiff wieder mal durch seine Zahnlücke.

Die Anwesenden waren erstarrt. Was will dieser Kerl hier bei uns? Und wie sah der aus? Und warum kam er mit einem lädiertem Führerhaus mit englischem Nummernschild zu ihnen in die Pampa? Na die Stimmung erhellte sich gleich nachdem Ben-Johnson drei, vier Lokalrunden spendiert hatte. Leider konnte er kein polnisch und die Polen kein Englisch, aber nach der sechsten Runde Wodka hatte man irgendwie eine Verständigung gefunden. Nachdem Ben-Johnson auf einem Fetzen Butterbrotpapier mit einem Bleistift die Schlucht aufgezeichnet hatte und mit Pfeilen den zertrümmerten Auflieger samt Steinen gemalt hatte war allen klar was passiert war. Jetzt riefen sie den Dorfältesten, den Pfarrer. Der konnte ein paar Brocken Englisch und machte seinen Schäfchen klar, dass Leute gebraucht würden um die Schlucht herabzusteigen und unten im Fluss die verlorengegangenen Steine rauszufischen und zu einer zwei Meter großen Mauer aufzumauern. Bei sehr guter Bezahlung versteht sich. Es waren nun mindestens fünfzig Männer in der Kneipe und alle wollten helfen. Das änderte sich aber total als einer fragte warum denn die Mauer da unten wiederaufgebaut werden sollte. Als Ben-Johnson dann zum Besten gab, das ein Geist namens Hans-Herrmann wieder eingefangen werden sollte, fiel dem Pfarrer fast sein Priesterkäppi vom Schädel. Entsetzt erzählte er es seinen Mitbürgern die daraufhin ihren Wodka austranken und verschwanden. Der Pfarrer auch. Nur zwei einfache Leute von der örtlichen Müllabfuhr und eine alleinerziehende Mutter mit ihrem 16 Jährigem Sohn blieben übrig.

Ja, was sollte Ben-Johnson nun machen. Er heuerte die vier bei bester Bezahlung an. Auch fand er gleich ne Bleibe bei der alleinerziehenden Mutter, die noch zwei andere kleine Kinder hatte. Die freundeten sich gleich mit Ben-Johnson an und er wurde sogleich als „Amerika-Opa" integriert. Das gefiel Ben-Johnson und schloss die Familie in sein Herz. Er verteilte sogar seinen ganzen Vorrat an seiner geliebten Erdnussbutter zu Frühstück und machte Faxen mit den Kids.

So gingen sie dann den nächsten Morgen mit Mörtel und Seilen zur Schlucht. Da die vier ja auch nicht ganz blöd waren ließen sie sich Zeit und brauchten eine ganze Woche bis sie die Steine aus dem Fluss gefischt hatten. Und danach nochmal 2 Tage bis die Mauer hochgezogen war. Aber egal. Die kleine Mauer hatte Ben-Johnson direkt unter der Brücke bauen lassen, so dass, wenn denn Hans-Herrmann wieder einzog, sie man auf dem Holzgestell wieder hochziehen konnte, auf die er die Mauer bauen lies.

Ben-Johnson überwachte das ganze Geschehen mit einem Feldstecher, den er vom Pfarrer bekommen hatte und wohl noch von Stalin persönlich handsigniert war, von der Brücke aus. Jetzt kam der schwierigste Part vom Ganzen. Er zahlte die vier aus und die strahlten vor Freude so viel Geld verdient zu haben um die Wette. Da Ben-Johnson nun nicht selber in die Schlucht runter konnte, musste er jemanden finden der um Mitternacht guckte, ob denn Hans-Herrmann in sein neues Gemäuer einzog. Bei streng gläubigen Polen die zudem übelst abergläubig waren, ein schier unmögliches Unterfangen. Was sollte er machen? Seine vier Helfer zogen kopfschüttelnd von dannen. Er rief wieder mal Haeddy an und fragte was er denn jetzt machen sollte. Der war nun mittlerweile mit Shirley in Irland in einem Pub und verschluckte sich am Guinness als Ben-Johnson ihm die Story erzählte. Aber wie fast immer hatte Haeddy eine Lösung parat. Er erzählte, dass der Earl of Dartmoor und sein Schweizer Spezi aus Nagpur wieder zurück in old England waren und nun bei ihm auf Sherborne Castle hausten. Der Earl wollte seinem Schweizer Freund das Dartmoor zeigen und mit ihm diverse Flüge mit dem Gleitdrachen veranstalten. Den wollte Haeddy jetzt anrufen um auszuloten ob er Ben-Johnson in der polnischen Pampa helfen kann.

Gesagt getan. Der Earl und sein Schweizer Spezi waren Feuer und Flamme wieder mal ein neues Abenteuer erleben zu dürfen und sagten sofort zu. Haeddy rief ruck-zuck Ben-Johnson an und erklärte ihm, dass die zwei quasi schon mit seinem Luxuswohnmobil auf dem Weg waren. Er solle sich schon mal nach einem Kranwagen umsehen um die Mauer hochzuhieven. So in zwei, drei Tagen werden sie da sein. Ben Johnson machte sich nun auf die Socken und schaute nach nem Kranwagen. In der ganzen Gegend gab´s nur einen und der gehörte normalerweise ins Museum. Es war ein russischer Ural Mammut 3, Baujahr hasde nicht gesehn und war übersät mit Rost. Aber er hatte einen Kran und ne Ladefläche um die Mauer draufzuheben. Also tauschte Ben-Johnson seine schöne (mittlerweile lädierte) Zugmaschine gegen das klapprige Gefährt. Für den Besitzer des Lkw-Oldtimers ein super Geschäft, aber was soll´s.

Er rief Haeddy an, teilte es ihm mit und der war einverstanden. Man musste halt Opfer bringen für Hanns - Herrmann, er war ja schließlich irgendwie ein Verwandter von ihm (im Geiste?!).

Es vergingen zwei Tage und Ben-Johnson vergnügte sich als Amerika-Opa mit den Kindern in seiner Bleibe.

Schon von weitem sah Ben-Johnson Haeddys Wohnmobil mit der auflackiertem Union Jack. An sich sah man von weitem nur einen fahrenden Union Jack. Der war überall auflackiert: auf dem Dach, vorne, hinten, einfach überall und sah schon irgendwie toll aus.

Auf dem Dach hatten der Earl und der Schweizer ihre toll bemalten Lenkdrachen festgezurrt und die flatterten was das Zeug hielt.

Die zwei fuhren direkt vor die Kneipe und gingen stracks hinein.

Hier war grad eine mord´s Stimmung im Gange. Ein für tot geglaubter Dörfler war zu Fuß wieder aus der Leichenhalle am Ende der Straße in die Kneipe zurückgekommen, von der er vor zwei Tagen weggetragen worden war. Er hatte dort gefeiert und wohl mit einer „Mille-Promille" das Atmen etwas länger eingestellt und jetzt, da es ihm anscheinend wieder besser ging, stieß man in der Kneipe übelst auf das Wunder von Usza an. Auch der Pfarrer hatte sich unters Volk gemischt und murmelte ein paar Vaterunser. Nur der Bestatter war not amüst und schlich von Dannen. Naturalemente nicht ohne auch ein paar Wodka zu sich genommen zu haben, nur aus einem anderen Grund halt. Wunder haben halt nicht nur immer gute Seiten.

Als der Earl of Dartmoor und sein Schweitzer Spezi reinkamen wurde es schlagartig still. Man muss hierzu erwähnen das unser Earl eine Vorliebe für theatralische Auftritte hat. Er hatte von Ben-Johnson über das abergläubige Verhalten der Dorfbewohner gehört und wollte „mal einen rauslassen", so just for Fun halt. Da er ja mit seinem ganzen Flugdrachenequipment samt seinem Star-Lenkdrachen „Empire One" angereist war, hatte er alle Möglichkeiten sich darzustellen. Er zog sich seine uralte lederne Pilotenmütze mit der vernickelten Aufsatzbrille an und setze sich eine leuchtende Stirnlampe auf seinen Kopf. Dazu hatte er einen Veteranen-Pilotenoverall an, der über und über mit irgendwelchen Abzeichen vollgekleistert war und man meinte er käme direkt aus einem Luftkampf im Ersten Weltkrieg und entstieg geradewegs einer Zeitmaschine. Als i-Tüpfelchen hatte er sich noch seinen Dracular-Umhang angezogen den er auch bei seinen Nachtflügen in Dartmoor immer anzog. Er stand nun im Türrahmen und brummte im tiefen Ton: Hello Polnisch Boys. Hinzu kam jetzt auch noch sein Schweizer Spezi Bürli mit in die Kneipe und begrüßte die Meute mit: Grützi alle mit einand, ich bin der Bürli Anton us der schönen Schwietz. Jedenfalls klang´s so ähnlich. Bürli Anton hatte wie immer sein rotes T-Shirt mit dem Schweizer Kreuz an, dazu kurze Hosen mit schwarz / weiß-Muster wie bei der Formel eins. Ein äußerst skurriler Anblick.

Der anwesenden Gemeinde war dies jedoch zu viel. Nachdem jetzt im Tal Geister angelockt wurden und gerade ein Toter auferstanden war, sah das alles nach dem Eintreffen des Satans persönlich aus und alle verließen fluchtartig die Kneipe. Nur der Wirt und der Pfarrer blieben übrig.

Das unser Earl so einen „durchschlagenden Erfolg" hatte war ihm jetzt allerdings sehr unangenehm. Nun stand er mit dem Bürli Anton vor der Theke und wusste nicht was er sagen sollte. Der Pfarrer lies seinen Rosenkranz nervös durch seine Finger gleiten während der Wirt sich am liebsten in Luft aufgelöst hätte. Aber das ging ja nicht, es war ja seine Kneipe. Um die Sachlage zu entspannen holte unser Earl tief Luft und sagte: Well, mein Name ist Bob und ich bin der Earl of Dartmoor. Ich such meinen Freund Ben-Johnson. Er ist schwarz und hat rotes Haar. Aber das lies den Wirt und den Pfarrer noch mehr gruseln. Da schaltete sich der Bürli Anton ein und zeigte sein Kreuz mit dem Herrgott drauf den er unter seinem roten T-Shirt trug. Das animierte auch unseren Earl dazu sein Kreuz auch hervorzuholen und der Pfarrer war nun sichtlich entspannter. Bürli Anton und der Earl gaben sich als gläubige Christen zu erkennen und entschuldigten sich für ihren Auftritt. Sie erklärten warum sie da sind und dass sie mit ihren Lenkdrachen auch diverse Flüge in die Schlucht machen wollten. Der Wirt sagte ihnen, das Ben-Johnson bei der alleinerziehenden Mutter untergekommen war und ging sie holen.

Jetzt saßen sie alle um einen Langen Holztisch: der Pfarrer, Ben-Johnson samt alleinerziehender Mutter mit ihren drei Kindern, der Earl, der Bürli Anton und der Wirt. Und alle hatten Hunger. Der Wirt sagte, dass gerade letzte Woche ein kapitaler Hirsch an seiner Stoßstange von seinem Transporter urplötzlich Suizid begangen hatte. Ich habe ihn schön mariniert und eingelegt. Der muss jetzt schön durchgezogen sein. Ich mache ihn für euch, zur Feier des Tages, sozusagen. Bürli Anton gab ne Runde Wodka aus und für die kleinen gab´s ne Limo. Und so kam man sich dann näher. Unser Earl sagte, dass er am nächsten Tag mit den Bürli Anton ein paar Flüge von der Brücke in die Schlucht machen will und lud die ganze Bagage ein dem Spektakel beizuwohnen. Alle waren begeistert, besonders der Pfarrer der schon immer mal den Wunsch hegte einmal als Sozius mitzufliegen. Der Wirt verschwand in der Küche um sich um sein „Suizidragout" zu kümmern. Um sein Gewissen etwas zu erleichtern ging ihm Bürli Anton in die Küche hinterher. Er war begeisterter Hobbykoch und seine Spezialität waren Schweizer Rösti und Südtiroler Klöße im Speckmantel. Und die gab´s dann auch. Ein kulinarischer Hochgenuss, zum Anschwemmen für den Magen noch nen Wodka. Alles Gut.

Am nächsten Morgen dann fuhren Ben-Johnson der Earl und der Bürli mit dem Kranwagen und dem Lenkdrachen Anton zur Schlucht. Auf der Brücke angekommen erwartete sie schon das ganze Dorf. Das Ereignis hatte sich in Windeseile herumgesprochen, dass ein paar verwegene Burschen sich von der Brücke aus in die Schlucht stürzen wollten. Die standen jetzt am Gelände und starrten auf die doch sehr gewaltige tiefe Schlucht.

Ja man kann sagen die Schlucht gähnte sie an. Und alle gähnten zurück (war ein kleiner Spaß).
Die Beiden zogen Ihre Lenkdrachen an und stürzten sich todesmutig zu einem ersten Erkundungsflug in die Schlucht.
Das schöne daran war, dass die zwei Kameras auf ihren Köpfen hatten und die ganzen Dorfbewohner das Spektakel auf nem großem Monitor mitverfolgen konnten. Nachdem die Beiden unten in der Schlucht gelandet waren sahen sie sich die Mauer an und bauten ein kleines Zelt samt Bettenlager auf, dass sie als „Reisegepäck" mitgebracht hatten. Das brauchten die Beiden auch, mussten sie ja übernachten um zu sehen ob Hanns - Herrmann in die aufgebaute Mauer einzog. Danach ließen sie sich wieder mit dem Kranwagen

hochziehen und landeten wieder unter dem Applaus der Anwesenden auf der Brücke. Das ging noch ein paar mal so weiter bis eine elendige Luftböe den Bürli Anton erfasste und seinen Lenkdrachen an einen abgestorbenen Baum trieb der fast waagrecht aus der steilen Felswand ragte. Ohne Blätter natürlich. Darin verfing sich der Lenkdrachen des Schweizers und er hing wie ein Schluck Wasser am Ast. Was tun? Von oben abseilen sprach der Pfarrer. Es stellte sich heraus das er begeisterter Alpinist war und er holte seine Ausrüstung aus seiner Pfarrei um dem Bürli Anton aus seiner misslichen Lage zu befreien.

Dummerweise hatte der Bürli Anton entsetzliche Angst vorm Bergsteigen und vorm klettern. Und das als Schweizer. Aber was wills´de machen. Er würde nie mit dem Pfarrer die steile Felswand hoch oder runtersteigen. Was ist da zu machen, fragte sich unser Earl und kam auf die grandiose Idee, seinen Lenkdrachen Empire One mit dem Pfarrer abzuseilen. Den sollte sich dann der Bürli Anton auf dem Baum umschnallen und in die Schlucht starten. Gesagt getan, so wurde es gemacht.

Der Pfarrer seilte sich ab und nahm Empire One mit in die Felswand. Das ging auch supergut und er kam, wie vorgesehen, beim Bürli Anton auf dem Baum an. Der zog sich den Lenkdrachen an und wollte gerade starten, da fiel dem Pfarrer sein Seil in die Schlucht, samt Haken und allem was dazugehört. Alles kein Problem sagt Bürli Anton. Ich nehm dich als Sozius mit runter. Na, das wollte der Pfarrer doch sowieso schon immer mal. Und so hakte sich der Pfarrer ein und los ging´s. Sie starteten von dem Baum wie ein Adler in die Schlucht. Das war nicht ohne, denn der Bürli Anton musste höllisch aufpassen dass er nicht an die Felswand kam. Aber alles ging gut. Sie landeten weich neben dem Fluss und der Pfarrer konnte sein Alpines Equipment wieder auflesen und sich mit dem Kranwagen wieder hochziehen lassen. Auch für ihn gab´s donnernden Beifall. Bürli Anton hatte ja nun keinen Lenkdrachen mehr denn der hing ja noch am Baum in der Schlucht und so wartete er, bis der Earl mit Empire One runterflog und direkt neben ihm aufsetzte. Wooaaaww was für ein Tag.

Am Abend dann wurde es ernst für die zwei Flieger. Sie legten sich erstmal ne Stunde aufs Ohr. Kurz vor Mitternacht dann setzten sie sich neben die neu errichtete Mauer und warteten. Es war jetzt Punkt Mitternacht und von weitem hörte man den Glockenschlag aus dem Kaff wo jetzt grad Ben-Johnson seinen Schlaf des Gerechten schlief. Und jetzt, und genau jetzt, ...tat sich grad mal überhaupt nix. Kein Gezische oder Geraschel, kein Hans- Herrmann weit und breit. Was tun? Na, Haeddy hatte schon so was geahnt und den Zweien einen CD-Player mitgegeben. Er wusste naturalemente dass Hans-Herrmann auf Dudelsackmusik steht, ganz besonders auf Amazing Grace und genau dass hatte Haeddy aufgenommen. Der Earl warf den Player an, drehte den Lautstärkeregler auf halb Acht und beschallte das ganze Tal aufs wildeste…………………………
Und siehe da, Hans-Herrmann kam gemächlich angezischt.
Er fegte um den Player, verbog genüsslich die Antenne und verschwand in einer Mauerritze. Prima. Der Earl und auch der Bürli Anton legten sich in ihr Zelt schlafen, ließen aber die Dudelsackmusik an, dass auch ja Hans-Herrmann in seiner Ritze blieb und schnarchten dass es nur so durch die Schlucht hallte. Böse Zungen

sagten, das es bis ins Dorf zu hören war. Hans-Herrmann hatte also die aufgemörtelte kleine Mauer aus den Originalsteinen „seiner" Burg aus Chotyn angenommen und so konnten die drei dann am nächsten Morgen Hans-Herrmann samt seiner neuen Behausung auf die Brücke ziehen. Oben wartete schon Ben-Johnson samt dem halben Dorf. Sie wollte alle miterleben wie die Mauer auf den Kranwagen gehievt wurde. Alles klappte und sie fuhren ein letztes mal ins Dorf um sich zu verabschieden. Es kam wieder mal zum großen Umtrunk und an eine Weiterfahrt am selben Tag war naturalemente nicht mehr zu denken. Es wurde gefeiert was das Zeug hielt, den ganzen Tag. Der Wirt holte den Rest von seinem Selbstmordhirsch aus seiner Truhe und schmurgelte der Meute ein super Abschiedsessen. Bürli Anton lies es sich dann auch nicht nehmen für alle Schweizer Rösti zu machen. Der Pfarrer lies noch für unsere Weiterfahrt ein paar Vater Unser vom Stapel, vorsichtshalber.

Der Earl und Ben-Johnson bauten nochmal den großen Monitor vor der Kneipe auf und alle sahen sich nochmal die tollen Flüge mit den Gleitschirmen an, inklusive der Rettungsaktion durch den Pfarrer.

Am nächsten Tag dann trennten sich dann unsere Wege. Unsere Earl fuhr samt Bürli Anton mit dem Kranwagen nach Chotyn, um Hanns-Herrmann abzuliefern. Sie wollten dann anschließend noch in dem Hofbrunnen nach dem Schatz graben. Na ja. Viel Glück….

Ben-Johnson fuhr mit Haeddy´s Luxuswohnmobil zu Boris in die Ukraine um seinen alten Ambulanzwagen wieder abzuholen der da seit einem halben Jahr rumstand (wenn er noch nicht geklaut war). Danach wollte er dann wieder seinen Wikingertrip weitermachen. Wie ich schon eingangs in meinem Roman erwähnt hatte, war ja Ben-Johnson Wikingerfan und hatte sich zur Aufgabe gemacht die Routen die die Wikinger in Europa gezogen hatten, abzufahren. Das hatte er durch die vielen Abenteuer, die er mit uns erlebt hatte ja total vernachlässigt und er freute sich schon sein eigentliches Ziel, den Wikingern wieder mal ein Stückchen näher zu kommen.

Das Wohnmobil wollte dann später Headdy mit der roten Sherly aus der Ukraine abholen. Vorher aber baute Ben-Johnson mit den Bürgern des Nestes die kaputtgefahrene Mauerbrüstung der Brücke wieder auf. Das heißt, er lies aufbauen. Danach, naturalemente ein kleiner polnischer Umtrunk, na ihr wisst schon…….

Kapitel 16

Zurück in old England. Mittlerweile hatte Haeddy seinen Dreh bei Inspector Barneby absolviert und war als Moorleiche geendet.
Er war mit seiner neuen Verwandten nach Irland auf Ahnenrecherche abgereist und verbrachte mit Shirley eine schöne Zeit. Zwischenzeitlich hatte die Teefirma, welche den Tee von Haeddys Teeplantage vertrieb, sich gemeldet. Die Firma hatte Haeddy den Vorschlag gemacht für seine neue Teesorte „Happy Christmas" eine große Promotion Aktion zu starten. Sie fanden die Entstehungsgeschichte, die Andreas und Jürgen mit Ihrem Christstollen fabriziert hatten, toll und wollten unbedingt die Beiden für die Zeit der Promotionstour quer durch Europa dabei haben. Sie sollten in den den

Gewächshäusern und Palmengärten in Europas Hauptstädten die Fermentierung mit den Christstollen vorführen und anschließend eine Verkostung mit den Besuchern machen. Und wenn´s geht sofort, da die Kampagne noch vor den Weihnachtswochen abgeschlossen sein muss.

Ergo rief Haeddy Andreas und Jürgen in Sri Lanka an und fragte das Duo ob sie Bock drauf hätten für 3 Monate zurück nach old Europa zurückzukommen. Das wollten die zwei sowieso, da sie jedes Jahr Mitte September nach Spanien reisten. Ergo waren sie sowieso da und freuten sich schon diebisch auf die Promotion-Tour. Da sie schon ende August anfangen sollten baten sich Jürgen und Andreas aber aus, einen Break von 3 Wochen machen zu dürfen, um auf ihren geliebten „ihrem Campingplatz" Torre de la Mora (solltet ihr auch mal hinfahrt, super toll dort) nahe bei Tarragona ihren Urlaub zu verbringen. Denn da sind sie immer um die Uhrzeit. Da sitzt dann Jürgen vor einem Südseestrand auf seinem Felsen und lässt sich die Sonne auf seinen Bauch scheinen. Die Forderung wurde naturalemente erfüllt und da wir ja erst Mitte August hatten war der Zeitplan ja zu halten. Also nix wie in den Flieger und ab nach England. Zu der Promotion Tour hatte Haeddy außer Andreas und Jürgen auch Berge von unfermentiertem Tee aus Sri Lanka einfliegen lassen. Jürgen und Andreas brachten außerdem auch noch den Grienpies-Ähnschel mit, denn der wollte unbedingt mit, um zur Freude von Haeddy (?) auch im Schlosspark von Sherborne Castle ein Peace Zeichen mit seinen Ginkobäumen pflanzen..…...

Auch waren eine Gruppe von traditionell gekleideten Teepflückerinnen dabei und ein Sri Lankesischen Koch der das berühmte cylonesische Reis-and Curry bruzzelte.

Da trafen wir uns denn auch alle auf der Schlossterrasse auf Sherborne Castle zum Five-O-Clock Tea. Logischerweise mit der neuen Creation dem „Cristmas Tea". Alle waren da um die Promotion-Tour zu beratschlagen. Allen voran naturalemente Haeddy, Andreas und Jürgen. Aber auch Inspector Barneby, Greenpaece- Ähnschel meine werte Person und meine Frau Anne und der Vertriebsleiter der Tae-Firma. Nachdem der eingeflogene Cylonesicher Koch ein tolles „Reis and Curry" hingezaubert hatte und wir zum scotchen übergingen, meldete sich Jürgen zu Wort. Er fragte den Vertriebsleiter, ob den auch ein Zwischenstopp in Moskau geplant wäre und ob es möglich sei, bei diesem doch sehr außergewöhnlichem Event Präsident Putin einzuladen. Sein größter Wunsch den er hegte, war einmal mit Putin ein Gespräch führen zu dürfen und mit ihm einen Wodka zu trinken.

Jetzt sahen wir uns erst mal alle ganz verdutzt an. Damit hatte keiner gerechnet, aber der Vertriebsleiter Cobalt Osborne sagte: Andreas, du hast Glück. Wir sind in Moskau zur dortigen Lebensmittelmesse die Ende August stattfindet. Wir haben da nen großen Stand. Präsident Putin eröffnet immer die Messe und er wolle alle Hebel in Bewegung setzen, dass das Treffen klappt. Da war Totenstille auf der Schlossterrasse und alle Augen richteten sich nun auf Jürgen. Es ist schier nicht zu glauben wie schnell sich Jürgen mit seinem wohlbeleibten Bauch erhob und begeistert „Hurra" so laut rief, dass es von den Burgmauern donnernd zurückschallte. Jürgen nahm sein Whiskyglas in die Hand und prostete uns allen zu und machte einen Luftsprung. Er rief laut an alle: „Heute verbiegen wir uns die Rüstung" und erhob sein Glas. Andreas hatte mühe ihn wieder auf den Boden zurückzuholen und wir freuten uns alle ganz doll mit und stießen auf ein „gutes Gelingen an". Es wurde ein supertoller Abend und alle waren tierisch gut drauf.

Die Zeit verging in der darauf folgenden Woche und Andreas und Jürgen halfen Grienpiess-Ähnschel die Ginkobäume zu pflanzen und nach Vollendung des Peace-Logos drehte Ähnschel allen erst mal nen Joint..

Es war nun Ende August und die Promotionstour lief gut an. Wir befanden uns mittlerweile im Gewächshaus des Königlichen Palais in Brighton.

Überall waren Berge von fermentiertem Tee zu sehen und Andreas und Jürgen verbröselten von einer extra angebrachten Brüstung im viktorianischem Stil ihre Dresdner Christstollen. Das Volk jubelte und alle kauften den „ Christmas Tea" wie verrückt. Alles lief nach Plan und am nächsten Morgen ging´s weiter nach Moskau. Aber nur für Jürgen, der sich ja schon auf das Treffen mit Putin freute. Andreas sagte sich was der Jürgen kann, kann ich auch. Mein größter Wunsch ist schon seit langem mit dem Fahrrad den Reschenpass abzufahren. Also klinkte er sich für die Zeit wo Jürgen in Moskau war aus, schnappte sich sein Fahrrad und fuhr den Reschenpass hoch. Es war Ende August, also beste Reisezeit. Nix wie los.

Wer noch nie da gewesen ist, muss einfach wissen wie schön und außergewöhnlich diese Tour ist. Der Reschenpass verbindet die Nachbarländer Österreich mit Italien, besser gesagt Tirol mit dem Vinschgau. Fast oben auf der Passhöhe von 1400 Metern ist ein Stausee, aus dem ein alter Kirchturm ragt.

Der See gilt auch als das Atlantis der Berge. Bei Niedrigwasser kann man den alten Pfarrturm St.Katharina der versunkenen Stadt Graun umwandern. Ansonsten liegt der Turm voll im Wasser und man kann mit Booten direkt dranfahren. Was für ein Erlebnis.

Genau das wollte auch Andreas erleben. Also rauf aufs
Rad und da Andreas gut durchtrainiert war, schaffte er
auch die 1400 Höhenmeter mit fast keinen Pausen.
Oben angekommen sah er, dass der Turm aus dem
Wasser ragte und machte flugg´s ne Bootsfahrt.

Anschließend lies er sich die Vinschgauer Spezialitäten
im Gasthof zur Scholle schmecken, wo er auch
übernachtete.
Schon wieder Szenenwechsel…..

Es ist 8 Uhr Ortszeit in Moskau.
Jürgen verteilt grad mit nem Rechen den fermentierten
Tee auf dem Boden vorm Messestand und ist grad ganz
figgerich vor Aufregung. Soll doch heute der große Tag
sein, an dem sich sein Wunsch erfüllen soll und er auf
Putin trifft. Haeddy is naturalemente auch da und reicht

ihm sein Flachmann mit bestem Maltwhisky, damit er etwas lockerer wird. Mensch Jürgen, erst mal eins zwei scotchen, dann wird´s easy meint Haeddy. Gesagt, getan (geschluckt) und Jürgen wird wirklich easy. Es iss jetzt 11 Uhr und Putin kommt mit großem Tross an Jürgens Teestand. Der ist ja schon vor informiert und geht stracks auf Jürgen zu und begrüßt ihn mit „Hallo Kamerad".

Man muss hierzu sagen, dass sich Putin, zu der Zeit wo er in der DDR stationiert war, sich mit Jürgen öfters am Imbissstand „rote Bulette" in der Dresdner Altstadt getroffen hatte.

Die zwei kannten sich also ganz gut. Putin spricht deutsch und Jürgen russisch, ergo war´s mit der Verständigung null Problemo.

Die zwei schwelgten von alten Zeiten und vergaßen dabei fast die Teepromotion. Haeddy durfte aber dann doch noch mit Putin und Jürgen ein paar Dresdner Christstollen zerbröseln. Danach ging Putin mit Jürgen noch hinter die Kulissen und die zwei tranken noch einen auf die Deutsch-Russische Freundschaft. Leider gab´s keinen Wodka wie von den Beiden gewünscht sondern nur Arrak aus Sri Lanka zu trinken. Schließlich waren die zwei ja auf einem Stand von Sri Lanka und da gibt´s halt nur Palmenschnaps. Aber egal, Schnaps iss Schnaps. Also runter mit dem Zug und es kam trotzdem ne gute Stimmung auf. Anschließend lud Putin Jürgen für den Abend in den Kreml ein. Putin gab noch letzte Anweisungen an seine Bodygards. Jürgen wird abgeholt im schwarzen Kortezh, die neue Präsidenten-Luxuskarosse vom Kreml welche wie ein verkappter Rolls Royce Phantom aussieht. Um acht Uhr am Messeausgang, aber nur er. Sonst keiner. Danach ging Putin zum nächsten Stand. Jürgen stand wie angewurzelt und wusste nicht wie ihm geschah. Kam vielleicht auch vom vielen Schnaps. Jedenfalls konnte er nicht weiter „promoschen" und legte sich erst mal ab. Der Abend kam und Jürgen fühlte sich fit. Der schwarze Kortezh stand schon mit laufendem Motor und wartete. Jürgen stieg ein und verschwand im nächtlichen Straßengetümmel von Moskau.

Nochmal schnell Szenenwechsel………

Wir sind wieder zurück auf dem beschaulichen Sherborne Castle.

Meine Frau Anne (die beste Aller) und ich hatten gerade unseren Auftritt bei Inspector Barneby in der Folge 983 „Zwei Krauts in Midsummer". Wir spielten gerade ein älteres Ehepaar, das in Midsummer ein Frankfurter Spezialitätenrestaurant aufgemacht hatten. Unser großer Erfolg mit unserer „Grünen Soße" war den ansässigen Gastronomen gefühlte hundert Dornen im Auge und sie wollten uns vergiften. Wir gifteten aber schwer zurück und wie es immer so in den Krimis bei Inspector Barneby zugeht waren in kürzester Zeit 5 Tote zu beklagen. Grundlegend muss man sagen das es mittlerweile mehr Tote gibt wie Midsummer Einwohner hat, aber was will man machen nach über 1000 Folgen bei dem im jedem neuen Fall mindestens 3 Leute „um die Ecke" gebracht werden. Da so viele Besucher kommen, hat das Städtchen Midsummer einen virtuellen Friedhof aufgemacht in dem die bis Dato gesamten Dahingeblichenen bestaunt werden können. Ja man kann sogar auf einem Walk of Fame die Sterne bestaunen die die jeweiligen Darsteller bekommen haben. Vielleicht kommen wir da ja auch noch rein. Mal sehen. Ja, am Ende hat´s uns dann aber auch erwischt und jetzt will Inspector Barneby die rote Shirly und den Grienpiess Ähnschel groß rausbringen. Seit Haeddy mit seinem Tee auf Promotionstour iss verstehen sich die Beiden super. Grienpiess- Ähnschel hat der roten Shirly ein Paar Joints verabreicht und seitdem ist sie mit ihm auf Greenpeacetour unterwegs. So „make Love not War" mäßig.

Jetzt machen die Beiden einen auf Flower-Power und pflanzen nackt im Schlossgarten die Ginkobäume und singen „give Peace a Chance" dazu. Na, ja. Dann mal viel Spaß beim Inspector Barneby...........

Kapitel 17 (hat´s in sich)

Für diesen Passus liebe Leseratten, muss ich euch nun bitten mit mir in den tiefen Sprachschatz eines von Neapel eingewanderten Vinschgauitalieners hinabzutauchen, der sein Deutsch zum Besten gibt. Zu alledem hat er auch noch mehrere Jahre ausgerechnet in Frankfurt seine Spaghetti zu sich genommen.

Achtung! Text kann Spuren von hessischen Dialekt enthalten.

Ich weiß, es ist nicht leicht, aber aus Authentizitätsgründen der beschriebenen Person ist dies leider unausweichlich. Man kann sonst die ganze Komik in ihrer Dramatik und Finesse nicht inhalieren. Dafür schon mal vorab meinen Dank.

Wir sind wieder zurück im sonnigen Süd Tirol, genauer gesagt im Vinschgau am Reschenpass.

Es scheint ein schöner Morgen zu werden und Andreas schnappt sich sein Fahrrad und radelt los. Es geht die Passtrasse am Stausee hinab nach bella Italia. So nach etwa 4 Kilometer die Serpentinen runter merkt Andreas, das die Luft im Vorderreifen flugs weniger wird und fährt rechts einen Weg hoch um ihn aufzupumpen. Er macht sich ans aufpumpen, rutscht auf dem Geröllboden aus und verliert die Luftpumpe die den Abhang hinunterkullert. Dummerweise ist die Luftpumpe Grasgrün und hat sich aus Liebe zum Gras perfekt an die umliegende Wiese angepasst. Unmöglich sie zu sehen, alles ist gleich grün. Schöne Scheiße, schimpft Andreas und steigt den Abhang runter um die Luftpumpe zu suchen.

3 Kilometer vor Andreas Aufpumpversuch fährt der Macho-Italiener Salvatore hinter einem Lkw her, was ihn sichtlich nervt. Als Italiener hat er es naturalemente immer eilig und hupt ununterbrochen, wie sich´s halt so gehört.

Zu Salvatore sei gesagt, dass er ein Mafiosi in Reinkultur darstellt und sich auch so kleidet. Schwarzer Anzug mit gestreifter schwarzer Weste, Lackschuhe mit weißen Applikationen, Schlips und Hut. Savatore ist so ein Meter achtzig groß, hat zurückgekämmte pechschwarze Haare die vor Gel nur so strotzen und trägt einen Schnauzbart. Dazu die nicht wegzudenkende Sonnenbrille und immer ein Rillo zwischen den Zähnen (manchmal auch einen Zahnstocher).

Salvatore riecht nach Georgio Leones neuem Rasierwasser Cool Dead(dy) , das liegt in etwa so zwischen Joop und Bridgestone Autoreifen, voll abgefahr´n halt. Und das alles bei 30 Grad und tausend Sonnen am Himmel. Aber egal. Er fährt einen schwarzen fetten Benz (ich glaub so ein achthunderter

SL oder so). Nun, Salvatore ist heute besonders gut drauf und verspürt wie immer ein eklatantes Zucken seines rechten Fußes am Gaspedal.

Er zieht sportlich die Sonnenbrille hoch, beißt auf sein Rillo und gibt Gas. Sehen tut er außer der Stoßstange des Lkw vor ihm rei gar nix und es geht schnurstracks in die nächste Serpentine. Andiamo! Pronto, pronto! Dabei hupt Salvatore naturalemente ununterbrochen. Claro. Ungünstiger weise kommt von der anderen Seite her ein Postbus. Und der Hupt noch gewaltiger. Na, was soll ich sagen, Salvatore fällt sein Rillo aus seinem Gesicht und er wird ein wenig blass um die Nase. Andiamo Salvatore!....

Vollbremsung, das Lenkrad rumreissen und den Berg hochfahr´n, was anderes ging nicht. Dummerweise, genau da wo gerade Andreas mit seinem Rad steht. Das heißt, nur das Rad steht da. Andreas ist grad auf dem Abhang und sucht noch seine grüne Luftpumpe, die er aber gleich nicht mehr benötigen wird.

Schier in diesem Augenblick schlittert nämlich gerade Salvatore den Bergweg rauf und kommt mit der Vorderachse auf dem Rad zum stehen. Dabei schiebt er es über den Abhang und Salvatores Benz fängt bedenklich an zu wackeln. Ein Absturz droht und Salvatore kann nicht aussteigen da sonst die Kiste zügig nen Abgang machen würde.

Andreas hält geistesgegenwärtig sein plattgefahrenes Rad fest und drückt es nach hinten, so dass Salvatore zurückfahren kann. Gerettet.

Salvatore ist etwas ungehalten. Hat`s doch direkt seinen Hut weggeweht und auch die Sonnenbrille ist verschwindibus gegangen. Aber weltmännisch wie ein echter Macho halt so ist, steigt er aus, steckt sich ein Rillo an und stellt sich vor. Bienvenuti.

Und genau hier, liebe Leseratten geht unser kleiner Kursus los.

Eco „ du verstehen italiano", prego?……. Na dann viel Spass-e.

Salvatore geht auf Andreas zu schaut in den Himmel und sagt: Babene, was für ein scheene Tag heud. Eco, ich bin Salvatore und reicht Andreas die Hand. Mille Grazie für deine Rettung, war-e sehr nett-e. Ein tiefer Zug am Rillo, dann geht er zur der Bar die im fetten Benz ist und holt einen Grappa der Extraklasse raus, gießt ihn in zwei stilvolle Gläser und sagt: müssse mer jetzt erst mal eine drinke auf dich Amigo. Andiamo, andiamo. Iss de beste Grappa was e gibt in bella Italia, eco. Das iss Grappa Isolatione, heisst so, weil schickt jeden Krankheitskeim directe in Isolatione. Suppito. Abber sag mal: wie heissd-e eigentlich, Amigo? Andreas stellt sich vor und Salvatore sieht auch gleich Andreas Ohrring und merkt gleich das er schwul ist. Als Macho vor dem Herrn macht er eine nicht definierende Handbewegung und sagt: na Andreas bis´de schwul, gell? Abber macht- e nixe. Hab ich übberhaupt nix gege Leute mit vaginaler Intolerranze, bis´de ab jetzd-e meine Freund-e und reicht ihm seine Hand.

Andreas, etwas perplex vom Verlauf der Unterhaltung gibt ihm seine Hand und kippt den Grappa Isolatione auf Ex runter. Das war auch gut so, denn auf einmal ging der Kofferraumdeckel direkt neben ihm auf und drin lag……….ein Toter Italiener auf ner schwarzen Plastikplane. Er hatte noch eine Schürze an auf der stand: Eiscafe Venezia - bestes Eiscafe im Zillertal. Unser Gelati macht molto gute Laune. Na, ja jetzt war Andraes aber total geschockt.

Erst der Ärger mit der grünen Luftpumpe, dann war sein Rad im Eimer, übelst plattgefahren von einem super Machomafiosi der anscheinend ein Killer war und eine Leiche im Auto spazieren fuhr. Was sollte er jetzt machen. Ja wenn jetzt Jürgen dabei wäre, der wüsste Rat, aber er er war jetzt mutterseelenallein auf einem einsamen Bergweg…

Salvatore merkte wie Andreas sichtlich nervös wurde und mit unglaublicher Gelassenheit sagte er: hi Andreas, muss´de dich nicht so aufrege, iss-e nix so schlimm. Schau, dass iss-e Francesco. War-e schlechter Mensch-e. Mussd-e was unternehme. Komm, steige ein, ich dir alles erkläre kann-e. Salvatore macht galant den Kofferraumdeckel zu und fährt rückwärts den Bergweg auf die Hauptstraße zurück. Dein Rad lasse mer liege auf Weg, sagte Salvatore. Tut e mir leid-e dass ich plattgefahrn hab deine scheene Rad.

Wir kaufen neues für dich, Schwager iss a Spezialisde, griege mir in Griff-e, eco.

Totenstille im Auto.

Andreas bekam keinen Wort mehr raus und dachte: bin ich jetzt der nächste der gekillt wird?

Naturalemente merkt das Savatore und er beginnt zu erklären. Schau Amigo, Francesco hat e selber Schulde. Hat genomme illegale viele Gelde von Mafiabosse, praktisch so unner de Hand-e. Abber, das iss nix-e alles. Francesco war Schwager von Mafiaboss-e Bruno Conte und hat gemacht Amore mit Maria, was iss Frau von Bruno. Das-e alles wär ja nix so schlimm-e. Abber als Bruno hat erfahrn dass sein Sohn Eduardo iss e Kinde-e von Francesco, sich doch getrübt leicht Stimmung von Bruno und hat-e mich gerufe an ob ich grade was habbe vor ……….

Dann iss de Francesco gehaue ab und dann ich uff suche nach ihm gegange bin.

Habbe ich mich nach ihm gehöhrt um und Auge di guck, hat- e er sich versteckt-e in de schöne Zillertal im Eissalone von Luigi Corletta, ha,ha. Hätt Francesco auch raushänge könne Zettel wo steht drauf: hier bin ich. Blöd-de der Francesco. Habbe ich ihn dann gesehe wie er heud Morsche zur Arbeid gehe wolld-e.
Iss er mir gelaufe direkt vor meine Automobile. Hab ich ihm noch geblinzelt zu, un er hat noch gezuckt mit Schulter. Dann hat bei mir gezuckte Fuß-e auf Gaspedal und isser mir doch gelaufe direkt in Stoßstange. Crash finale totale. War abber nix geplant. Ich Glück gehabt, dass ich e Abdeckplane dabei hatt, sonst wär Kofferraum total versaut vom viele Blud-e, eco.
Jetzd-e abber muss ich fahrn erst zu Bruno und zeige de tote Francesco. Komms´de mit-e. Mache mer heude Abend einen Druff-e. Verbieche mer uns so richtisch die Rüstung, andiamo. Bis´de doch jetzd-e gude Freunde, meine Lebensretter, molto bene. Na was sach`sde zu meimVorschlag Andreas?
Und Andreas stammelte nur: ja wenn du meinst.
Andiamo, abgemacht-e. Ich bring dich noch in meine Hotel-e und bring Francesco weg-e. Machs dir solang-e gemütlich, lege Fuß-e hoch. So fuhren wir zu einem tollen Hotel der Luxusklasse nach Bergamo wo Bruno wohnt. Wir luden die Packtaschen, die wir vorher noch vom kaputten Rad abgemacht hatten, aus und ich checkte mit Salvatore ein. Und das ging folgendermaßen ab: Hi Vincenco, Amigo.
Machs´de für meine Freund-e Andreas eine schöne Swiet-e . Un mach´sde fertig schöne Esse für so achte Uhr. Andiamo, muss e jetzd-e noch schnell-e kaufe neue Sonnebrille. Bis bald-e. Und weg war er.

Andreas lies sich von Vincenco seine Suite zeigen und legte sich erst mal ab. Tausend Sachen schwirrten in seinem Hirn. Sollte er zur Polizei gehen? Nein. Erstens wäre er dann so gut wie tot und außerdem war er doch jetzt quasi der Freund von Salvatore. Der war ja an sich ein guter Kerl. Hatte halt dummerweise nur den falschen Beruf.

Es war kurz vor acht und Salvatore fuhr wie immer mit schmackes die Hotelauffahrt hoch. Ich ging runter zum Restaurant und hörte schon von weitem Salvatore fragen. Bienvenuti Vincenco, hasd-e gemacht gude Menü an schöne Tisch? Mille Grazie Vincenco vorne und hinten, zwei Mafiosiwangenküsschen und man hätte meinen können es wäre ein Verbrüderungs-Zeremoniell wie bei ner Papstaudienz. Tschau Vincenco, Andiamo, Andiamo und schon saßen wir beide an einem klassisch weiß gedeckten Tisch und der Vino rosso floss in Strömen.

Salvatore war supergut drauf und erzählte: Andreas, es iss alles pianissimo. War grad bei Bruno. Hat-e gesehe tote Francesco und war super zufriede mit meine Job-e. Muss´de mir uns nur noch kurz-e unnerhalde übber Entsorgung von Francesco. Habbe ich geschlage vor piccolo Betonklözchen al a Lagerfelde dranzumache an Fuß und dann auf Friedhof in Lagune bringe zu weitläufische Angehörige.

Abber Gärtner von Bruno wollt de Francesco stecke in Schredddermaschine und übber Acker verstreusele. Bruno hatt-e abber gewolld-e keine Sauererei uff Grundstück. Bruno hat für Familia gewünscht sich richtische Beerdigung mit schöne Fest-e.

Musste nur noch nach richtige tot ausgucke. Habbe dann de Francesco genomme und uff Nussbaum hoch geschleppt-e. Habbe tote Francesco dann vom Baum gefalle gelasse uff Traktor von Gärtner. Francesco hat dann leider noch gemacht kaputt Scheinwerfer von Traktor und Gärtner war sauer, abber egal. Sah alles super echt-e aus und iss dann auch gekomme Dottore

und hat gemacht-e schöne Diploma dass Francesco
gehabt schwere Unfall. Iss des ned Belissima Andreas?

Irgendwie schon Salvatore, entgegnete Andreas.
Aber wenn man bedenkt, dass ich grad mit nem
Mafiakiller am Tisch sitz und auf sein Opfer mit Vino
rosso anstoße, so ist das doch schon ein bisschen
makaber, oder meinst du nicht Salvatore??
 Abber, abber Andreas, ich doch nix bin ein Killer.
No, no Amigo. Du musst sehe dess Ganze anners rum.

Bei uns in bella Italia hilfd-e Familia andere Familia
von Verwandte zu Verwandte unsoweider. Iss-a soziales
Netzwerk-e. Kommt-e Geld-e rein, geht Geld-e auch
widder raus. Viele Leud-e nix hätte was zu esse. Musst
du dir vorstelle so: wie Getriebe, so Zahnrade greift-e in
Zahnrade. Und wenn Zahnrade macht sich ständig
selbst, kommt Salvatore und macht kleine Reparature.
Bin ich doch nur piccolo Löser für Problema wie jetzt
bei de arme Francesco. Er had getribbe uff de Spitze un
iss gefalle runner. Kann mer nix mache, iss e soziale
Fall-e. Eco-Basta.
Egale totale. Lasse mer Stimmung ned trübe. Also
Übermorsche iss grande Fesde für Beerdigung von arme
Francesco. Müsse abber ersd-e noch piccolo Messe mit
Padre Benedetto halde. Bennedetto sage, muss ich
halde drei Rosekränze für liebe Gott-e und besprengele
Gesicht von tote Francesco mit de Weihwasser. Weil-e
muss alles gude Ordnung habbe für liebe Gott-e.
Wieso musst du denn Drei Rosenkränze beten, fragte
Andreas verwirrt? Ach Amigo, muss ich dir erzähle von
kleine Geschichte von Padre Bennedetto un mir.
Komme mir zwei aus desselbe Kaff in Berge bei Napoli
un habbe schon als Bambino gebracht Hase um Ecke
mit Luftgewehre von alte Luigi. Dann sin mer gekomme
nach Bergamo und jeder hat genomme andere

Laufbahne. Un jetzt-de iss liebe Gott Cheffe von Bennedete und bei Beichte er macht-e immer Kerbe in Beichtstuhl für mich-e, eco. Habbe ich heud-e piccolo Jubiläum.

Hat Bennedetto geschnitzd-e schon 50 Kerbe in Holz, direkte hinter Vorhang von Beichtstuhle.

Müsse mir feiern auch bei Grande Fesde mit e ganze Familia.

Jetzt fiel Andreas nix mehr ein, außer das er fragte was denn Betonklötzchen a la Lagerfeld seien.

Salvatore lachte laut und sagte:

Ei, mache ich als letzte Gruss-e, Iss-e piccolo Tick von mir. Mach dann vor versenke von Cliente extra von mir eine schöne Band-e in Farbe von liebsde von de Cliente dran, flattert dann schön in Welle auf Grund-e. Bin ich hald e bissi sentimaentale, macht de nixa, eco. Dann legte er seine neue Sonnenbrille ab und wir gaben uns erst mal einen Apperitivo Grappa Isolatione..

Der nächste Tag.

Salvatore holte Andreas ab. Sie wollten ein neues Fahrrad kaufen. Bei seinem Schwager, dem Spezialiste. Andreas wartete nicht lang auf der Auffahrt als er schon die hohe Drehzahl vom aufgemotzten Benz hörte. Das war ja das getunteste Teil schlechthin. Für die Herren der Schöpfung nun ein paar technischer Feinheiten. Die desinterressierte holde Damenwelt bitte ich diesen Abschnitt einfach zu überspringen.

Salvatores Benz hat doch tatsächlich Doppelte Bilaterale Schalldäpfer mit Chico-Chipstuning, ein Biomechanisches Sandstrahlgetriebe mit eingebauter

Festnetzsteuerung und ein luftgekühlter Fluchskompensator mit 220 Volt 6-Phasen-Drehstrom und nen blubbernden Sound wie hundert Harley Davidson. Das tollste an dem ausgeschnickten Mercedes aber ist der beheizte, blau beleuchtete Türschlossimpulsator. Mit dem kann man nicht nur die Autotüre und das Zündschloss aktivieren, nein auch die Haustüre daheim und auch die der Freundin öffnen.

Als besonderer Clou ist auch ein Defibrillatore eingebaut mit dem man flugs Tote wiederbeleben kann oder auch umgedreht (Extraservice für Salvatore). Das ganze haben bei „Jugend forscht" die Einäugigen Zwillinge aus dem tübingischen Spätzlingen Kurt und Bubi Benzienklein (indirekte Verwandten von Firmengründer Carl Benz) erfunden und dafür den großen Preis von Aperol-Spritz für die Jahre 2015-2018 bekommen(erst dann sind die Zwei volljährig und dürfen ihn austrinken). Abber egal jetzt, genug vom fetten Benz. Machen wir weiter mit unserer Geschichte. Andiamo,weider gehts-e.

Salvatore kaute heute mal Kaugummi statt an seinem Rillo rumzusuckeln und war bestens gelaunt. Andiamo Andreas, ich hab-e freie Tag-e heut, subber was? und grinste dabei übers ganze Gesicht.
Pronto, pronto und auf ging´s zu Salvatores Schwager, der hatte ein wahnsinns Fahrradladen mit so gefühlten hunderttausend geklauten Rädern (es waren aber auch schöne Neue dabei).
Andreas durfte sich das tollste Rad aussuchen und so hat er sich dann auch das ausgeschnickteste genommen: gelb-blau mit emailliertem Überzug mit dem Schriftzug „Torpedo Ragazza Italiana", naturalemente zur großen Freude von Salvatore. Der Schwager von Salvatore bohrte nur noch schnell die Fahrgestellnummer raus und

Andreas durfte sich eine eigene Nummer aussuchen und nahm sein Geburtsdatum und des seines Lebensgefährten Jürgen. Ja wer hat das schon, seine eigene Fahrgestellnummer….und schon gings ab zur Probefahrt……………

Letztes Kapitel

Moskau.

Jürgen sitzt in der Präsidentenlimo und fährt grad beim Putin im Kreml vor. Nachdem sich beide schwer abgeklopft hatten überreichten sie sich gegenseitig ihre Geschenke. Jürgen hatte ne Sonderedition „Christmas Tea" made by Dresden mitgebracht, Putin überreichte Jürgen einen silbernen Samowar aus der Zarenzeit.
Nachdem die beiden alle Sicherheitsleute abgeschüttelt hatten, zeigte Putin dem Jürgen „seinen" unbekannten Kreml und die zwei gingen in die Katakomben runter.
Als erstes zeigte er Jürgen sein 3-D-Kino. Es hatte nur zwei Sitzplätze und eine Dolbysurround Stereoanlage, dass man auch locker den roten Platz hätte beschallen können und man hatte das Gefühl auf einem Thron zu sitzen. Für Filme mit Spezialeffekten waren unter den Sitzen Stoßdämpfer eingebaut,sodass man, wenn sich z.B. ein Auto in die Kurve legt, auch total mitging. Einfach Toll. Gleich nebenan war das Erotikzimmer.

Neben einem blauen Himmelbett wie aus dem Märchen von „Tausend und eine Nacht" stand die Liebesschaukel Luna 12 mit einem Equipment, dass selbst Beate Uhse blass würde.

Auf weitere Details möchte ich hier aus diplomatischen Gründen nicht weiter eingehen. Aber jetzt kam das absolute Highlight: eine Go-Kartbahn die den gesamten Kreml untertunnelt. Jürgen konnte sich aus 20 Karts den schönsten aussuchen. Aber erst ging´s an die Kart-Bar „Moskwitsch" und Putin gab ein paar Wodka aus, um so besser in die Aufwärmphase zu kommen. Die Teile (auch der Wodka) waren hochgezüchtet und irre laut. Aber es machte höllischen Spaß und nach einer Stunde (Putin hatte Jürgen dreimal überrundet) hatte Jürgen zwei Kilo abgenommen und war total Fix und Foxi.

Danach ging´s wieder in die Bar zum Abkühlen. Naturalemente mit ein zwei kleinen Wodkachen. Jetzt kamen beide so richtig in Stimmung und Jürgen zeigte Putin voller stolz auf seiner Schulter sein Che Guevara Tattoo. Das gefiel Putin super toll und da er im nächsten Jahr nach Kuba fliegen wollte lud er gleich mal Jürgen ein, mit nach Havanna zu düsen.

Woaaww…….. , na wenn dass nix iss weiß ich auch nicht. Jürgen freute sich ganz doll und die zwei feierten noch ein paar Wodka lang bevor sich Putin verabschieden musste und Jürgen wieder in der Luxuskarosse zurückgebracht wurde. Am nächsten Morgen dann gings mit der Promotiontour nach Mailand. Haeddy wartete schon ungeduldig und scharrte mit den Füßen. Ab ging´s nach Milano ins berühmte Palmenhaus Scalissima. Das heißt, erst mal fuhren sie alle nach Bergamo. Ei derweil: Jürgen wollte schon immer mal nach Bergamo wo sich ja witzigerweise auch grad Andreas aufhielt.

Die zwei telefonierten miteinander und Andreas buchte gleich mal ein paar Zimmer für Haeddy, Jürgen und die ganze Teeconnection.

In Milano angekommen gings dann auch gleich los nach Bergamo, wo sie schon von Salvatore empfangen wurden. Bienvenuti Jürgen, du musst-e Liebling sein von de Andreas mein-e Held-e und lugte unter seiner Sonnenbrille durch.

Na, Jürgen wusste ja nichts von der ganzen Vorgeschichte und ihm war der Mafiosi sehr suspekt und gab nur widerwillig seine Hand zur Begrüßung. Salvatore merkte das naturalemente gleich und übernahm das Kommando: Hey andiamo Jürgen, brauchsd-e nix-e Angst-e zu habbe, bin ich doch Salvatore, gude Freund-e von Andreas. Habb ich euch extra gebucht-e beste Swiet-e was gibts in Bergamo, Amigo. Er klopfte Jürgen und Haeddy auf die Schulter und sagte: Andiamo Amigos, wir machen kleine Umtrunk-e in besde Tarverna in scheene Bergamo, ich zeige euch meine bella Bergamo totale.

Danach gingen sie in ihre Suite und Jürgen sagte zu Andreas : Ha, während du hier langweilig rumgeradelt bist, habe ich spannendes in Moskau erlebt. Andreas lächelte nur smart und sagte aber nix dazu.

Nachdem anschließend Salvatore den dreien „sein Bergamo" gezeigt hatte gings in die Taverna Rossini. Nach ein paar Grappa Isolatione sagte Salvatore zu Andreas: Bitte sag-e nixe von unsere kleine Abenteuer, wolle mer doch bleibe gude Freunde, eco. Ich fahren euch morsche früh nach Milano. Muss dann fliege weider nach Sicilia, mache Weiterbildung in Palermo, weisde?. Andreas fragte völlig perplex: Weiterbildung? Ja Andreas, mussd-e wisse dass auch mir als, sage mer mal als Sorge – Entsorger, gehe müsse mit Zeid-e und übergab Andreas eine elegante Einladung die an ihn adressiert war zu lesen.

Es war die Tagesordnung seines Seminares „ perfecto, perfecto".
Und das liest sich (teilweise übersetzt)so:

Mo 1. Instructione Forensico totale. Vortrage von Dottore Scarponara.
Di 2. Spuren im Netz, Informatione an Google und Co., no, no, no!
Mi 3. Gefakte Alibis, wie besteche ich wen, wie am besten.
Do. 4. Leiharbeit im Ausland und Geldwäsche piano silencium.
Fr 5. Gastvortrag einer FBI- Konifeere aus L.A. mit Schusstraining aus der neuen Magnum „Big Hole Maker".
Sa. Sport. Abtauchen in die Laguna La Luna und Mindesthaltbarkeitsdatum überprüfe von „Betonschuhe von alde Bekannte".

Nachdem Andreas den Terminplan durchgelesen hatte, konnte er nix mer rausbringen. Dafür aber Salvatore.

Andiamo Andreas, bisde doch jetzt richtich gude Amigo von mir. Wenn de hasd-e kleine Probleme - ruf-e mich an und ich dir en gude Sonderpreis mache, wenn du willsd-e auch mit Entsorgung Totale. Er überreichte Andreas einen Zettel.
Hier meine geheime Handynummer. Wenn du rufst an, ich am Telefon sage: Carbonara. Dann du sage: Una Coca Cola. Dann ich weis, es iss-e alles ok, comprente Amigo? Vielleicht-e wir seh´n uns ja abber auch mal widder in eure schöne Deutschland-e.

Ach, ich liebe eure Autostrada, gibts niente Limit, eco. Wenn mir juckt Fuss-e auf Gaspedale kann ich gebe Gas moltobene exorbitante. Grandioso. Salvatore sah dabei Jürgen an und fragt beiläufig: stimmt- e alles in euer Beziehung, eco?

Andreas sah schon Jürgen im Geiste mit einem Lagerfeldbändchen in die Laguna versinken und sagte: no, no, alles ok, alles perfecto.

Primissimo, könne mer dann feiern heude Abend Grande Feste bei Familia von Francesco, jubelte Salvatore. Seid ihr gelade alle ein. Freund- e von mir kommd- e so achte Uhra bei eure Hotel vorbei un hole euch ab-e, eco.

Der "Freunde" kam dann auch mit nem fast vollen Reisebus und brachte uns auf die Piazza Centale in Pontida, einem Vorort von Bergamo.

Es waren alle da: die Familia von Mafiaboss Bruno Conte, die Familia von totem Francesco, Padre Bennedetto und naturalemente Salvatore und hunderte anderer Angehörigen und was weiss der Teufel wer noch.

Francesco war mitten auf der Piazza aufgebahrt und nachdem Padre Bennedetto tief betrübt sein Weihwasser verspritzt hatte, wurd´s dann schwer gemütlich und der Vino Rosso floss in Strömen. Die endlos langen Tische waren weiß gedeckt und überall standen Platten mit den in Bergamo berüchtigten Tornado-Antipasti especiale und naturalemente standen Karraffen mit Lambrusco und Grappaflaschen rum. Salvatore sagte zu Haeddy, Jürgen und Andreas: Vorsichte! Nix trinke von de Grappa lokale. Iss de Grappa von de Trieste Toni und hatt molto Prozente. Wenn de trinkst-e, kannsde werde blind-e. Habbe gesehe gestern wie kleine Bruder von Trieste Toni hat gefüllt Grappa in Tank von Mofa und ist-e abgedüst wie Sau. Eco, kannsde glaube mir - war Infernno totale. Na egal, tranken die drei eben halt keinen Grappa. Gab´s doch einen Vino Bianco la Tunella extrema Reserva. Den Tunnel sah man dann schon nach dem vierten coppa……..

Zum Entzücken der Azzuris rockte dann die lokale Combo „Radio Revoluzzione Bergamo" die gesamte Gemeinde auf. An und für sich unerträglich, aber schön laut. Salvatore schnappte sich Anna-Maria Godzilliane, die 2. Witwe vom Gelati-Luigi und tanzte mit extremster Leidenschaft einen Tango Romantico rustiko. Das Volk tobte und damit war dann auch der Tanzreigen eröffnet. Alle Gäste freuten sich und auch Haeddy und Jürgen feierten was das Zeug hielt. Sie wussten ja nicht worum´s ging und warum heute Andreas so bedrückt war. So ging der Abend dahin und mit ihm auch Francesco. Arrividerci………..

Am nächsten Morgen dann ging´s zur Promotionstour nach Milano ins Palmenhaus Scalissima und anschließend zum Flieger der dann Haeddy, Jürgen und Andreas nach Berlin bringen sollte. Berlin war die letzte Stadt der Promotionstour vor dem Urlaub von Andreas und Jürgen, die dann ja nach Spananien abdüsten.
Von Gate 34 A winkte nochmal Salvatore, der gerade seinen Flieger nach Palermo zu „seiner Weiterbildung" bestieg. Ein letztes Andiamo, dann ging´s auch schon los.
Auf dem Flughafen Berlin-Tempelhof warteten schon meine Frau Anne, Ben-Johnson und ich. Ben-Johnson wollte unbedingt mal Andreas und Jürgen kennenlernen und meine Frau Anne (genau, die beste Aller) und ich besuchten anschließend unseren Sohn und unsere Enkel im schönen Berlin.

Ja, liebe Leseratten leider geht nun diese schöne Geschichte zu Ende. Aber vielleicht gibt´s ja ne Fortsetzung, mal sehn. Wenn euch meine Erzählungen gefallen haben sollten, dann mailt mir bitte. Wenn nicht, mailt es niemand anderen, sollen die doch selber auf meinen total verrückten Roman hereinfallen…..

Mailadresse: whitehouse21@gmx.net

Herstellung und Verlag:
BoD – Books on Demand, Norderstedt
ISBN: 978-3-7519-5626-0

FSC

www.fsc.org

MIX

Papier aus ver-
antwortungsvollen
Quellen
Paper from
responsible sources

FSC® C105338